U0815423

王原君

1983年生于山东某个滨海小城，
天秤座，喜欢安静，
认为只有天空、大海、星辰、寺庙、真理，
能让人安静；
喜欢一个人旅行，喜欢在陌生的街头夜色中四处逛荡。
大概因为与奥斯卡•王尔德同一天生日的缘故，
注定是一个不可救药的唯美主义者。
当全球的少女和少妇们都在赶去亲吻王尔德的墓碑，
我就开始在风里播下我的第一行诗。
著有随笔、诗歌作品多种。
曾获安康诗歌奖。

摄影 / 姜九月

办过展览也出过杂志。
媒体人和业余首饰匠人，
热爱世间一切手艺活儿与简朴美好的生活方式。
利用工作之便走过不少国家，
但仍有更多国家希望未来去拜访。

那时我年轻，满嘴都是草莓

when i was young...

王原君/著

TopBook
饕书客

陕西出版传媒集团
陕西人民出版社

目录

目录

海边的沙滩男人

再也没有比模仿更容易的事了——我要模仿大海。

——阿多尼斯

我爱的人相继离开我的生活，
像船纷纷离开海岸。

——阿米亥

/ 我想象过，与一个姑娘，相遇在大海。

/ 目前，我觉得唯一可忍受的就只剩下大海。陆地上发生的事情，太平淡无奇，我已经受够了。

/ 天空太空洞，远方太邈远，海岸线是我唯一能触碰到的未知边界。

/ 但在大海上相遇，何其困难呢！

/ 首先我对航海技能一无所知，其次也是最关键的，我还没有属于自己的一条船。

/ 我在离海岸 60 公里远的小镇上踱步，在集市上吃了一碗本地凉粉，在书摊上挑了三本书，然后扭头回了家。

/ 约翰 · 库切曾写过两个人，一个虚构了另一个，即便如此，“他们像两艘驶往相反方向的船，一艘往西，一艘往东。或者更确切地说，他们是船上做苦力的水手，各自在往西和往东的船上。”当他们两船交会时近得仿佛可以抓住对方，但仍旧擦肩而过。

/ 看来，在海上遇见一个姑娘的想法，过于神奇，但人海中的姑娘，我又看不上。

***

/ 我至今没有在大海上航行，不管夏天的大海，还是冬天的大海。我只是在海边漫步，脚踩细碎的黄金，想一些陈年旧事。

/ 来自海边的姑娘跑去内陆，准备嫁给一个华中地区的IT青年。

/ 我想象过冬天的大海，想象我在冬天的大海上，大雪铺天盖地地落下，纷纷落下，却消失不见。海面不是地面，大雪不能在海上堆积成一座冰山。

/ 天空中飘下前赴后继的雪片，概无例外地不见了踪影，海有一张巨大的吃雪的胃。

/ 雪只有落在我身上，才会停留得稍久一些。苍茫的大海上，没有霓虹纷呈，只有我愿意做你片刻的雪人。

***

/ 当一个人走远，他的出生地就扩大了。

/ 在外省，譬如严重缺水的京城，我俨然是来自一个滨海小镇。

/ 离开故乡越远，离大海就越近。

***

/ 海岸线，这水陆结合的暧昧部位。

/ 海岸线，波涛汹涌的海水亲吻着外表坚硬的陆地的嘴唇？略显粗暴的陆地是环抱柔软的海水的臂膀？

/ 漫长的海岸线，是人类的原始纹理，地球的情感分界线。

/ 亿万年前，一群不安分的鱼类，从海洋爬上海岸，于是脊椎动物诞生了。慢慢地，它们又进化成能够直立行走的人类。

/ 如果说大海是人类诞生的摇篮，那海岸线就是故乡的门槛。

/ 门槛与窗帘有时很相似，它们在本质上可有可无，无关紧要。但是，当有了门槛和窗帘以后，许多简单的事情变得复杂而具有仪式感，它们成为不能戳破却一戳即破的象征。

* * *

/“面朝大海，春暖花开。”

/ 上述八字，已然滥俗，催人呕吐，令人发指。

* * *

/ 在一望无垠的孕育原始生命的大海面前，一切变得渺小。

/ 从观感上，大海是连接天空与大地的中间物，陆海空于此达到视觉的高度统一。

/ 我记起圣琼·佩斯的长诗《海标》：“我们的观众在不曾式微的时代斜坡上：大海，浩渺而碧绿如人类东方的晨曦……我们是否看到高过我们意识的大海，在符号消隐中被遗忘洗刷的脸？”

* * *

《在海滩上》

她没有回答，而是掉头而去。

风与云，甚至大海也掉头而去，

暗下来；海滩的石头潜入水中，
每一根草，每一个波浪
也奔向另一处海岸。

/ 此情已惘然，我为何念念不忘？豪格的这首短诗，仿佛为我而写。

/ 她不言语，决然地掉头而去，风景旧曾谙，人比从前更陌生。

/ 她席卷记忆的大海，掉头而去。在一个干旱的地方，在两个干旱的地方，在南北方的两个号称“火炉”的城市。

/ 仿佛整个世界，掉头而去，背离你而去，你不再是她的海岸，她那激荡人心的澎湃和汹涌，掉头而去，露出你礁石般的粗糙身躯，贝壳般的伤疤深嵌进脸庞。

/ 如今，她在海边，空空一人；我在天边，描画着地平线。我不再是谁的麦田，也不再是谁的彼岸。

* * *

/ “呵，大海，它比想象中的小。”

/ 我多次到过海边，却从未真正在海上航行。

/ 我读过几本关于大海的书，《黑暗之心》、《白鲸》、《老人与海》……但却从未伫立在甲板上。

/ 哦，曾有一次，我在离沙滩不远的海上踩踏一辆改装的自行车。

/ 在真实的大海面前，我的感叹轻浮如五朵浪花。

* * *

⁄ 有次，我在一个海边音乐节的现场，隐约中听到台上的歌手唱出一句词：

⁄“这么大热的天，警察来镇上干什么？”

⁄ 接下来的整场表演，我都呆若木鸡，无动于衷，什么也没听见。如果给狂躁人群中的我一个特写镜头，人们一定会质疑台上到底是不是摇滚歌手。

⁄ 但我的确沉浸在对这句话的回忆中了。

⁄ 我一定在何处见过这样的场景，某本小说？某部电影？还是某个具体的小镇？

⁄《安魂曲》的开头描写了一个小镇：

⁄“我们的小镇泊普卡还不如乡下。镇上住着几个老人，却很少去死，小气巴拉的，让人不耐烦。这儿也没什么战争，也没有天晓得是什么的瘟疫。 这一切都像是在跟我作对，在这儿他们就像杂草一样攥着小命不放。 简而言之，对于我这样造棺材的来说，生意可不妙。”

⁄ 我想象着，只有这样的小镇，才可能出现一位警察，他来干什么？警察应该待在大城市才对，夏多布里昂就遇见一位警察局长命令他远离巴黎。对此事，夏多布里昂补充道：“我喜欢感觉到他的利爪。”

⁄ 最终，我也没有想明白，一个警察去镇上到底干什么，或许那儿有一位他的情人，或许他只是路过。

/ 我脑中已被另一句话占满:“那些警察,都穿着便衣……”

＊＊＊

/ 海军服。

/ 儿时,我手拿一支塑料水枪,身穿海军衫,站在虚拟的布景前,照过一次相。

/ 多年以后,在日本人拍的 AV 中,我又见过穿海军服的女孩。

/ 如今,满大街的女孩都这样穿,学校里的女生也这样穿。

＊＊＊

/ 鲸鱼。

/ 尽管课本上说鲸鱼是哺乳动物,但我却从未想过它有没有乳房,如果有,那又是什么罩杯？许多人,至少我,更乐意把它看成一种鱼。

/ 村上春树在《寻羊冒险记》中写过鲸鱼的阴茎,猜有多大?

/ 村上春树小说中年轻的主人公,曾长久地对着鲸鱼的阴茎标本发呆:“那上面漾出一种哀戚,一种被割阴茎特有的难以言喻的哀戚。”

/ 作为千年封建制度的活标本,或许,我们更熟悉这阉割文化。

＊＊＊

/ 沙滩男人。

/ 我就在你画出的那一瞬,我就在爱苏醒的那一瞬,我就在你转身的那一瞬,我就在夕阳西下的那一瞬,我就在海鸥鸣唱的那一瞬,我就在你心跳的那一瞬,我就在你亲吻的那一瞬,我就在你体内的那一瞬，我就在风中摇晃的那一瞬，我就在海水漫过的那一瞬，我就在消失无踪的那一瞬。

/ 我是你的沙滩男人，海浪过后荡然无存。

/ 爱情，爱情就像流沙……

* * *

/ 我的邻居小色盲先生，某天，捡到一支神来之笔。

/ 他说白胡子的上帝，命令他画画，像文森特那样，画下疯狂的白色向日葵，白日一样的向日葵。

/ 我说你该画一画清晨的太阳，它像国旗那么鲜艳，国家那么有力，国歌那么响亮，国情那么独特，值得一画。

/ 我的邻居小色盲先生，他说，他非常不喜欢灰色的事物。

/ 我说好吧，其实我也不怎么喜欢，那你就画一画白茫茫的大海吧。

身体禁忌游戏

我们的肉体不过是一种社会结构。

——尼采

与肉体结盟，我们的精神并不失身份。

——孟德斯鸠

19

/ 身体是美好的，尤其是年轻的身体。天使都不穿衣服，我们早就知道这一点。

/ 亚当与夏娃偷食禁果后，羞耻心制造了人类，以及人类的第一件衣服——伊甸园里的树叶生态时装。

/ 如今，日益短小的时装，重新暴露着羞耻心的当代尺寸。

/ 如此，某天，我们是否能重获天真之身？一丝不挂，即人类重返伊甸园之时。

***

/ 身体“T 台”。

/ 眼睛与鼻、嘴构成面部的第一个身体“T 台”，胸部与肚脐及以下部位，构成第二个身体“T 台”——这人类的黄金分割。

/ 流行时尚产业基本围绕此开工，为全民供给走秀。

/ 阿拉伯人只有半个“T 台”，他们全身紧遮，只露出裹着纱巾的面部。

/ 规则源于惯性的犯规，遮蔽是为了突出。最后的遮羞布，亦是眼球聚集的焦点。

/ 第二个“T 台”的解放是 20 世纪以来的事情，它代表一种反抗压抑的能量，成为最后的堡垒，它集反抗性与诱惑性于一身。

/ 它就是我们当下最得意的舞台。

* * *

/ 四方裤、三角裤、丁字裤、C 字裤……面——线——点——人们的内衣，变得越来越低碳。

/ 今天的思想，也需要穿一件性感内衣，才能引起一点点回头率？

* * *

/ 与其娇小的身形相比，她有着不相称的乳房。

/ 仿佛是另一个女人遗忘在那儿的一般，但真实之圆就在你鼻尖两侧，由不得你不相信。

/ 何况，她也笑着承认了：“源于家族传统。”

* * *

/ 把最潮流的新款服饰穿在身上的，首先是那些面无表情的模特——橱窗里的树脂男女。

/ 我们与它们最大的不同是我们会移动，还是我们会因穿着迪奥而感骄傲、穿着路易·威登便觉得高人一等？

* * *

/ 最初，是物的拟人化——产品摇身变为品牌；如今，是人的拟物化——用品牌表达自我。如“穿 Prada 的女郎”。

* * *

/ 满大街的黑色丝网袜。

/ 总比都是的确良的好。

/ 总比都只露着大腿好。

* * *

/ 夏天来了，禁欲主义者生活得更加困难重重，更加举步维艰。

* * *

/ 女性化丰富着男人的边界。

/ 男性化消匿着女人的风采。

* * *

/“不要太瘦哦”。

/ 历史上对肥硕之美的赞扬，估计源于人类早期生殖崇拜的文化惯性，彼时的性感总与丰韵和孕育紧密相联。

/ 进入现代社会，注重世俗的、当下的生活已成为主流意识形态，人们对生殖日益扫兴与逃遁，并让位于一种单纯交欢的快感，于是，与肥美对立的骨感美开始滥觞，全球性的减肥运动变成一道亮丽的日常风景与美学趣味。

/ 作为榜样的偶像明星、T 台女郎，拼命地展示着这种美学主张，各类减肥产品布满电视、杂志、报纸的醒目版面，吸引着人们纷纷涌向商场的橱窗与柜台。

* * *

／ 人类渴望延续自身的两种方式：文化的与生殖的。

／ 人类逐渐丧失这种渴望本身。

* * *

／ 不洁。

／ 表面是肉体的错位，实际上仍是观念的陈疾。

／《小李飞刀》中的阿飞觉着被武林中人轮番使用的林仙儿是仙女，她就是仙女。

／ 当认为一个女人淫荡，她就是马利亚也会怀孕。圣女如何怀孕的？

／ 所谓“不洁的思想”是人类的一种“防火墙”，如此一来，女人只好老实地留在家里织布，男人才可以放心地外出去打猎。

／ 果真如此吗？

* * *

／ 身体禁忌。

／ 在中世纪，官方人士将身体看作欲望恶魔的万恶容器。

／ 西方经历漫长中世纪的时候，东方正好迎来“存天理，灭人欲”的宋朝，道学先生与教会人士，在不同的地点、相同的时期，达成了难得的一致。

* * *

／ 女警、空姐、护士、旗袍、白领、学生、女佣、猫女、兔女、豹女、修女、公主、格格、贵妇……

/ 服装让身体，获得了身份。

* * *

/ 弹性。

/ 青春的弹性，没有了。

/ 岁月，让我们只剩下硬邦邦的躯壳和沉甸甸的心。

* * *

/ 无论在古装片还是偶像剧中，都会经常看到这样的情节：

/ 女主人公（也许是配角）轻轻一松，衣衫整个滑落，镜头随之从胸部的冰山一角（视需要和尺寸公开相应尺度），迅速转到小腿以下，以示她膝盖上方已经不挂一丝。

/ 因为“中国人的想象唯在这一层能够如此跃进”向来领先世界平均水平，“一见短袖子，立刻想到白臂膊，立刻想到全裸体，立刻想到生殖器，立刻想到性交，立刻想到私生子。”（鲁迅《而已集·小杂感》）

/ 但据说，现在正流行，穿着一两件衣服（非情趣内衣）做爱，即不一概脱光。

* * *

/ 到封面为止。

/ 贾平凹《废都》的高潮部分是“此处删去 ×× 字”，大约等于AV中的马赛克效果，而莫言的《丰乳肥臀》则纯粹是假冒的三级片，广告嫌疑太重，这标志着文学书籍进入赤裸裸的包装时代，还有类似的像《巫山云雨》、《有了快感你就喊》等等，“噱”

头蛇尾如今早已是家常便饭，对于这种名不副实，专业术语称其为“标题党”。

＊＊＊

/ 处女膜保卫战。

/ 半个世纪过去了，集体疯狂的60年代，变得非常遥远，彼时冲上街头的青年人，如今是天伦绕膝的祖父辈。

/ 永远革命，永远年轻，永远热泪盈眶。

/ 好像没有什么是永远，凯鲁亚克幸亏没有活到老泪纵横的年纪，唯此，他才永远属于一代代的年轻人。

/ 真正的革命，只属于年轻人。因为，革命，总是对既有文化系统的一场叛逆。

/ 性自由或许是60年代留下的唯一遗产，我们正在享受着这份遗产的利息，网络普及助长着遗产的增值。

/ 漫长的中国道学传统，曾围绕着一张处女膜唇枪舌剑，他们——勇敢的卫道士——像卫生巾一样誓死捍卫着这层窗户纸。

/ 贞节牌坊或许只是个表象吧，就像中世纪的教会一样，真相或许只是在保卫、生产、垄断一种神秘和神秘感。

/ 如今已无神秘可言。

＊＊＊

/ 生殖器美学。

/ 性感，几乎取代众多美学标准，成为压倒性的美学。

/ 有目共睹，恰当化妆的女人更具吸引力，兴奋写在脸上。如你所知，当一个女人处于性兴奋时，就会出现某些特征，如颜面与嘴唇会出现充血现象的性红晕，乳房会出现勃起反应，竖起变硬。

/ 化妆，在某些手法上，是不是对高潮表现的模仿呢？像口红与丰胸，以最性感的瞬间，保持无时无处不在的高潮印象。

/ 女人的镜子就是男人的眼睛。这一点约翰·伯格在《观看之道》中说过，女人产生于观看。

午夜白日梦

我是在我梦中出现，向我揭示我的秘密本质的那些怪物。

——米沃什

在梦见实体的秘密的功效的同时，我们梦见了我们秘密的存在。

——巴什拉

/ 我总把梦境与生活混为一谈。

/ 梦里不知身是客。

/ 身体即客体。

* * *

/ 我梦见自己身上覆着一层黏糊糊的膜，怎么撕都撕扯不开，世界像胎衣外的世界。

/ 我梦见独自一人在一个集市上走失，其实是跟着马戏团去了另一个城市。

/ 我梦见掉进深渊（非柏拉图洞穴），往下……直到在冰冷的地板上醒来。

/ 我梦见一个漂亮的初中女同学，并上前拥吻了她……你知道，清醒的时候，那时候，我根本没勇气这么做。

＊＊＊

/ 在一个人的梦中，被梦见的人醒了。

/ 谁说过同样的话？我在他的梦中醒了？

＊＊＊

/ 在梦中，我来到伊斯坦布尔的大街上。

/ 而上一次，我出现在里约热内卢，我还从未在梦中到过耶路撒冷。《圣经》是一个梦，另一个梦，它的物理中心即耶路撒冷。

/ 我的梦是《道德经》。

/ 我的梦是《论语》。

/ 我的梦是《易》。

＊＊＊

/ 我梦见一架飞机，只有儿时的燕子那么大。

/ 醒来后，窗外漆黑如芝麻糊，我听见一架真实的飞机，轰鸣着飞过运河的上空。

/ 或许此时，有一些人，从我梦中飞了过去。

＊＊＊

/ 多数的梦都被我忘却了，一如得了健忘症的现实世界。

/ 我不记得做过的第一个梦。

/ 婴儿是否做梦？

＊＊＊

/ 我丝毫不怀疑，一个人津津乐道于他不停梦见“博尔赫斯”，在梦中，他们促膝交谈，如此具体，时间地点人物，开始发展高潮结局，论点论据，用着总之我不擅长的语种，像上帝和耶稣在聊天。

/ 多么高雅的梦，高雅进入了梦境。

/ 作为一个庸俗的家伙，我昨晚只是梦见了邻居女人那袒露的乳房和丰硕的屁股。

/ 有时候，我渴望他们梦中的博尔赫斯，到我的梦中来串一次门，不过，我又担心会被惊醒。关于博尔赫斯的梦，真不适合睡觉时做。

/ 其实，我连亨利·米勒也没有梦见过，就算白天刚看过《情迷六月花》。

/ 哪怕是一个二流艺术家，我也不曾梦见过，我梦见过太多的三流女明星。

* * *

/ 昨晚梦见一个池塘。

/ 早上醒来，我的翅膀结了冰，像一架暴风雪中无用的飞机。停在那里，就是一首白银般的诗。

/ 梦，变成我的停机坪。

* * *

/ 我梦见中学时的操场，跑道上铺着一层细碎的黑煤渣，在西南角的位置生长着几棵挺拔的白杨树，它们比我这胖子还粗壮。

/ 比人略高的栅栏外面是沿街的店铺和摆摊的人，有一家小书店，夹杂在饭馆之间，我偶尔进去流连，在那儿费半天工夫找不出一本值得买的书。还能记起来的是周作人的《苦雨斋随笔》。

/ 我梦见自己又一次走在操场上，远处苏联式的老房子里面重新翻修过，跟旁边一栋新盖的办公楼毫无二致，再也看不出风格，与我们的教育一样。

* * *

/ 封面女郎之死。

/ 有一晚，她梦见自己的肚脐，变成一个小男孩的嘴巴。

/ 有一晚，她梦见自己成为顶级名模，成为《男人装》的封面女郎。

* * *

/ 经常有女孩子说梦见过我，我希望她们做的都不是噩梦。而你也常在我打电话的前一夜梦见我，但我，却从未梦见过你。

/ 直到昨晚。我梦见我们在雪地上相遇，你穿着照片上的黑色风衣，你的表情复杂，欲罢不能？忍痛割爱？很久没你消息，我都不能写一句"犹恐相逢是梦中"。

/ 此刻，你或者在海边，或者跟别人去南方过年。无论在哪里，都在我触不可及的地方。我记起阿尔贝蒂的诗："如果我的声音死于乡土 / 那你们就把它运至海洋 / 任命它为船长 / 掌管一艘白色的战舰。"

偏严肃的文艺八卦

我爱月亮，爱 ma petite jolie 的回忆，爱肖邦的次要作品，爱隔壁的斗鸡眼姑娘。马尔科姆，所有这些不能使我适合于从事文学，可是，啊，天哪，这些却又使我难以放弃文学。

——马尔科姆 · 考利

他，疲倦不堪，没有灯光和书籍 / 却准备着惊人的研究。

——伊丽莎白 · 毕晓普

/ 那年，郁达夫 20 岁，在东洋留学的他，感受着身体发育带来的性苦闷，虽然已是寒冬腊月，却难耐一身燥热，于是，他从东海道踏上一辆开往东京的列车，中途在一个妓馆云集的驿站提前下了车。

/“选定一个肥白高壮的花魁卖妇……我竟把我的童贞破了。”

/ 第二天醒来，郁达夫在自传里写道：“窗外面的大雪晴了，阳光反射的结果，照得那一间八席大的房间，分外的晶明爽朗。”多美好的画面，然而，接下来郁达夫的感慨，却让人生厌：“太不值得了！我的理想，我的远志，我的对国家所抱负的热情，现在还有些什么？还有些什么呢？”

/ 但所幸，他决心“索性沉到底罢！……人生原是一个复杂的迷宫”。于是，我们看到了中国现代文学史上第一本白话短篇小说集《沉沦》。

***

/ 1967 年，多么神奇的年份，不是 1967 年，就是 1968 年。波伊斯完成了一件非常奇怪的作品——《给死兔子讲解艺术》，很多人把这看成后现代艺术和行为艺术的始作俑者。

/ 谈到为何选择兔子，波伊斯说："动物，牺牲了自己，使人得以成为人。"这跟他经历过二战也有关系，他认为兔子生活的状态更接近人。

/ 波伊斯有着传奇的一生，如果用一句话总结，他妻子说得最好："波伊斯一生都是死的，但他始终都非常活跃。"

***

/ 胡适在 1922 年 8 月 10 日（星期四）的日记中写道：

/ "饭后与马寅初同到公园，我自七月十四日游公园，至今四星期了。寅初身体很强，每夜必洗一个冷水澡。每夜必近女色，故一个妇人不够用，今有一妻一妾。"

/ 我查过资料，发现胡适所记属实：马寅初，有同庚妻子张桂君，入北大当教授后，36 岁的马寅初又娶家乡年方 14 岁的少女王仲贞。当然，这些都不影响马寅初作为一个人口学家与教育家的重要性。

***

/ 北漂从文小记。

/ 从“我一个乡下人跑到北京来，这是何苦呢”到“我这个乡下人，照样能干你们的事，还干得更好”，这是沈从文成为北漂后的励志小传。

/ 有次，一位编辑拿着他投寄的十余篇稿子，说：“瞧，这大作家的作品！”然后一揉塞进了废纸篓。

/ 由于自卑，沈从文离开湘西跑到北京。由于自卑，他在城里自称为“乡下人”。

***

/ 流年作证。

/ 1919 年 12 月 23 日，普鲁斯特以他的《在花季少女旁》获得龚古尔文学奖，著名批评家皮埃尔 · 拉塞尔就此论道：“龚古尔文学奖应该授予一个年轻的、不出名的作家。年轻，普鲁斯特算不上，但是不出名的确如此，而且将来也不会出名。”

/ 的确，自幼患哮喘病，终生被病魔所折磨的普鲁斯特，当年已经 48 岁了。三年后，他在巴黎去世。

/ 当时的评论界以嘲笑挖苦普鲁斯特为乐事，作为“贵族太太的读物”，普鲁斯特的作品被认为“冗长而让人讨厌”。

/ 如今，普鲁斯特被看作风格独具的语言大师，卷帙浩繁的《追忆逝水年华》列入不朽经典，他也与乔伊斯、卡夫卡一道，被誉为现代小说的开路先锋。

/ 其实，不光文学，在科学领域，我们也听过像牛顿这样的伟大科学家对其他伟大科学家的不屑的故事，更有不少发明家也曾断然否决了很多新发明的可能性。

/ 然而，幸好有流年作证，留下那些光阴的故事。

***

/ 百年孤独之鸟。

/ 宣统三年，公元 1911 年，爱新觉罗家族的大清朝，到了闭上眼的时刻，伴随着辛亥革命在各地的枪声炮响以及纪年的变化，长期统治中国历史的最后一个姓氏王朝结束了。

/ 来自北方的满族人深信乌鸦乃神的使者，它能引领人的亡灵升入天堂，当年努尔哈赤被敌人追赶，情急之下藏进树洞，这时一群乌鸦飞来将他遮挡，他从而躲过一劫。此后，他命令族人不许打乌鸦，并时常在竹竿上挂食物给飞来的乌鸦。现在颐和园还能看见这种高高的木桩，它们是喂鸟的，不是电线杆。

/ 所以如果没有乌鸦，估计就没有我们今天看的清宫戏了。就是这只从盛京到北京上空飞舞着的乌鸦，仿佛清朝的幽灵，它死去已百年。

***

/ 宣统三年（1911），于半政府部门“意外事故保险协会”上班的小职员、29 岁的卡夫卡，在鲜有人知的情况下，即将完成《美国》、《变形记》等变革性的小说。

/ 这一年，他在日记中写道：“我的名字叫卡夫卡，这是希伯来语，它的意思是穴鸟（寒鸦）。”他将这种形象作为自我形象，“像一只受惊的小动物，自掘一条蜿蜒的甬道，以遁避世俗的伤害。”

／ 卡夫卡短暂的一生，就像一只穴鸟，深居简出在一个寂静的地洞中。

／ 当然，需要纠正一个“误解”，卡夫卡并不像我们想象的那样“瘦弱”，他身高一米八二，相貌英俊，眼神清澈，颇能俘获女人芳心，他频频发生的艳遇可资佐证。

／“弱”肯定不在形体相貌的范畴，毋宁说是一种作家身处的先天位置与道路命运，正如卡夫卡自己所说：“事实上，作家总要比社会上的普通人小得多，弱得多。因此，他对人世间生活的艰辛比其他人感受得更深切、更强烈。……他不是巨人，而只是生活这个牢笼里一只或多或少色彩斑斓的鸟。”

／ 村上春树语：强权天然与作家对立，在作家内在的思想天平上，永远站在“以卵击石”这不对称世界的“蛋的一边”。因而，在专制王权眼中，伟大的作家和诗人，常被当作一个“坏蛋”和“混蛋”。

＊＊＊

／ 陀思妥耶夫斯基告诉屠格涅夫，他从前曾强奸过一个小女孩。

／“您为什么跟我讲这个？”

／“因为我瞧不起您。”陀思妥耶夫斯基说。

＊＊＊

／“主席晚年是不是天天都看《金瓶梅》？”胡耀邦曾问给毛主席做图书服务员的徐中远。答案是否定的，但徐“有把握地说，主席生前看过《金瓶梅》”。

/ 主席什么没看过呀，他还有推荐语：“《金瓶梅》是反映当时经济情况的，是《红楼梦》的老祖宗，不可不看。”建议图书编辑们，拿这句话做书的腰封。

* * *

/ 菲茨杰拉德在 24 岁时，就能靠他的故事和长篇小说每年赚得 18000 美元。海明威、怀尔德、多斯 · 帕索斯、路易斯 · 布罗姆菲尔德等人在 30 岁之前都已经成为国际上知名的小说家。

/ “他们从一开始就是专业作家。”

* * *

/ 可爱的老毛姆。

/ 他说：“我不是一流作家，但在二流作家中我要当最好的。”

/ 他骄傲地把自己排在但丁、莎士比亚、歌德之后，人们却以为他很谦逊。

* * *

/ 前诗人马尔克斯。

/ 童年的马尔克斯喜欢读书，沉默寡言，被认为是全校最怪的人，外号“小老头”。他作文写得好，立志要当一个作家，中学几年，他是诗社成员，幻想成为一名真正的诗人。

/ 他写了不少诗，还自鸣得意，但老师看后却说，“你的诗不像诗，”老师还说，“诗歌与你无缘，还是写小说吧。”

/ 后来，他果然没成为诗人，他写了《百年孤独》、《霍乱时期的爱情》。

***

/ 微博之囊。

/ 白居易有言:“路所遇，速投囊中。”

/ 我觉着他的这个“囊”，有点微博的意思。路上遇见好玩的事情，赶紧手机发到微博，开心地日积月累。

***

/ 前人的微博体。

/ 黄庭坚《宜州家乘》:

/“初九日，丁丑。雨止。得元明卯辰书。冯孝叔寄书，并送所买药一部。”

/“十四日，壬午。晴。德谨砦秦靖馈笋山药炭四笼。钻竹改火。”

/“二十日，戊子。阴，不雨。自南门步向东城，过望仙楼，复至小南门而归。”

/“二十二日，庚寅。晴。大热，不可夹衣。叔时来对棋，叔时再胜而三败。”

/“二十九日，丁酉晦。晴。寒。时作数点雨。不沾湿。发元明丁卯书，至长沙。”

/《鲁迅日记》:

“上午移入山会邑馆。坐骡车赴教育部，即归。予二弟信。夜卧未半小时即见爬虫三四十，乃卧桌上以避之。”

“星期休息。下午同季市、诗荃至观音寺街青云阁啜茗，又游琉璃厂书肆及西河沿劝工场。”

“上午谢西园来，云居香炉营头条谢宅，商生契衡亦至，饭于广和居，午后并去。收二十四日《民兴报》一份。”

“积雪厚尺余，仍下不止。晨赴铁狮子胡同总统府同教育部员见袁总统，见毕述关于教育之意见可百余语，少顷出。向午雪霁，有日光。”

***

/ 法国香水的起源。

/ 1756 年，伏尔泰写了一本书《美化巴黎》，他咬牙切齿地痛骂巴黎：“设在窄巷中的肮脏市场使人不敢驻足，到处散发着恶臭……街道昏暗、狭窄、丑陋不堪，似乎代表着一个最野蛮的时代。”

/ 我记得《香水：一个杀手的故事》那臭气熏天的开篇：“在我们所说的那个时代，各个城市里始终弥漫着我们现代人难以想象的臭气。街道散发出粪便的臭气，屋子后院散发着尿臭，楼梯间散发出腐朽的木材和老鼠的臭气……”聚斯金德一连描述近百处散发臭气的地方之后总结道：“当然，巴黎最臭。”

/ 恶臭的原因，首先是拥有 60 万人口的巴黎到处是死尸，死者的墓地与居民区混在一起，臭不可闻。积攒了将近 800 年的 200 万具腐败臭尸，直到 1786 年法国大革命前夕，才被转移到巴黎南部采石场深埋。

/ 另一个发臭的原因是人们不常洗澡。在当时的法国，洗澡属于医疗范畴，如果没有医生的指点，巴黎上流社会的绅士淑女们决不轻易洗澡，而且医学认为身体越臭越健康。

/ 就像在中国武侠小说中，洗澡被认为大伤元气，因而武功越高的人就越不洗澡就越又臭又硬。你可以想象那些雍容华贵的上流们，捏着鼻子举行“爬梯”的场面。由此推想，“朱门酒肉臭”，可能冤枉了美酒和肉香。

/ 当然，不洗澡的吉尼斯世界纪录的保持者属于伟大的太阳王路易十四。据御医记载：他从 1647 年到 1711 年这 65 年间只洗过一次澡。假如他跨越大洋来到东方与其敬佩的康熙会面，一定会把爱新觉罗 · 玄烨给熏死。

* * *

/ 淘什么金。

/ 1861 年，美国南北战争爆发，密西西比河上的航运生意日渐萧条，萨缪尔 · 兰亨 · 克莱门的领航生涯遂告结束，在被南方奴隶主收编进军队两周后，他就逃跑了。

/ 1861 年，克莱门 26 岁，他来到荒凉的内华达，与这片贫瘠平原上数以千计的淘金者一样，他确信自己“会在十天以内成为百万富翁”，但是十字镐和铁锹并未帮他挖掘到财富神话。

/ 依旧身无分文的克莱门，只好徒步来到几百公里之外的弗吉尼亚，在这里，他接受《事业报》聘请，正式开始文字生涯。从这时候起，他有了一个新名字：马克 · 吐温（意为：水深 12 英尺）。

* * *

/ 最近，看莫里斯 · 萨克斯的《充满幻觉的轻浮时代》，他对自己的富人生活充满抱怨：

“我真想整天只吃粗面包，涂一点蒜泥和干酪，然后爬到樱桃树上摘樱桃吃。我真想光着身子在草地上打滚，赤脚走路。奢华让我烦恼，无比烦恼。”

/ 他还讲到“艺术投资”：

“有人在 1920 年用 6000 法郎买的一幅莫迪里阿尼的油画，1926 年竟然卖到 30 万法郎，谁知道了能无动于衷呢？”

/ 作为资深文艺八卦专家，他讲的最多的自然还是“文艺圈”：

“所有的文学沙龙、编辑部都在讨论‘纯诗歌’的问题。布雷蒙、苏代和瓦雷里是这股潮流的主导。众人都蜂拥而上。”

“毫不夸张地说，如果没有沙龙的存在，今天恐怕最多有三百个专业人士知道瓦雷里是谁。”

* * *

/ 谈起垮掉派代表作家凯鲁亚克，“那不是写作，是打字”，南方文学代表作家杜鲁门 · 卡波特如是说。

* * *

/ 太平湖里不太平。

/ 偶然读到老舍快板《陈各庄上养猪多》，随便摘一段：“什么猪，什么料，公猪母猪仔猪肥猪各自有一套。讲科学，猪听话，想叫它什么时候长大就长大。”

/ 为创作，老舍实地走访，整理了好几页的笔记，题为《猪多肥多粮多的陈各庄大队》，内容诸如："一岁的公猪每周配种不过一次，一岁半到两岁，可持续配种两三天，每天一次，休息一天。"

/ 写完这首绝笔之作，我们的"人民艺术家"，就去跳了太平湖。的确，当性交不是做爱而是配种，别说"兴奋"和"高潮"了，换了谁都想死。

* * *

/ 郭老。

/ 经常听人惊叹诗歌界又冒出一个天才，尤其是西南一带的诗人喜欢这么叫唤。好嘛，江山代有"天"才出。

/ 郭沫若是四川人吧，四川写诗的人很多，个人以为才华能赶得上郭老的那是打着手电筒都找不到几个。我至今觉得《天上的街市》是一首极不错的诗。

/ 才华不是闹着玩的，如果说徐志摩有些小才情，郭老那叫大才华。

/ 在后海边的故居，快速浏览郭老跌宕起伏、极具传奇色彩的一生与跨越人文社科多方面的才华流露，真惊煞我辈凡人。

/ 今人会"事后诸葛亮"式地诟病郭老写诗吹捧江青什么的，岂不知李白也写应酬诗，对于一个天才来说这算什么，还有什么比玩弄政治家更好玩的。

/ 同理，反复入狱对维庸算什么，性虐待对萨德侯爵算什么，同性恋对奥斯卡·王尔德算什么，偷鸡摸狗对让·热内算什么，结婚离婚结婚对海明威算什么，背信弃义对毕加索算什么……你该知道看天才哪个部位，就像女明星主要就是“胸面臀”可堪一观。

* * *

/ 在北京坐地铁一号线，路过八宝山站的时候，产生一个想法。

/ 如果某天，我要成了开发商，不搞经济适用房、限价房、回迁房，不搞旅游、度假、酒店、商业，不搞洋房、别墅、公寓豪宅……

/ 我就做一种“人生终极地产”，要做中国诗人哲人学者作家艺术家的“八宝山”。

/ 像安葬着拉·封丹、莫里哀、肖邦、德拉克洛瓦、奥斯卡·王尔德、圣西门、巴尔扎克、毕沙罗、普鲁斯特、邓肯、格特鲁德·斯泰因、吉姆·莫里森等名流的巴黎拉雪兹神父公墓；

/ 像莫斯科新圣母公墓和沃尔科沃公墓（圣彼得堡文人公墓）：

前者安葬着果戈理、契诃夫、绥拉菲莫维奇、布尔加科夫、爱伦堡、马雅可夫斯基、奥斯特洛夫斯基、伊萨科夫斯基、法捷耶夫……

后者安葬着伊万·冈察洛夫、别林斯基、亚历山大·勃洛克、屠格涅夫、萨尔蒂科夫-谢德林、伊·克拉姆斯科伊、陀斯妥耶夫斯基、奥·别尔戈利茨……（详见高莽先生《墓碑天堂》）

/ 公墓，不仅是供后人凭吊的场所，更是露天雕塑博物群集，要出自著名建筑设计师，要反映出逝者作品和精神的内涵。

/ 要让一个国家里最具才华与智慧的头颅，都在死后走进这片巨大的宁静里。

/ 我希望有一天——再过 50 年，那些传奇的中国文化群星，会在临终遗嘱上写道："把我放进 ×× 公墓。"

***

/ 想象的彼岸。

/ 在 18 世纪的冬夜，大雪覆盖着费尔奈庄园，老伏尔泰平息了整个上午对年轻一代的怒火，他泡上一壶茶，开始俯身想象东方古老的中国："完美的体制，有史以来。"

/ 而我站在 20 世纪的尾巴上，在寂静的黄昏中，窗外正下着鹅毛大雪（暂时没有更好的比喻），因下雪，一切都显得更静寂。我认真地读着《论各民族的风俗与精神》，在破旧的笔记本上，我写道："启蒙的炭火，正在运往京城的途中，国人不会冻死在这个体制的寒夜。"

世界尽头的收音机

不要想，而要看！

——维特根斯坦

我们的欲望所至之处，才会有清泉流淌。

——纪德

/ 一座桥匍匐在河渠上，像一个悲伤的人，不能动弹。

/ 如果桥能行走，它就会变成一堆纷乱的石头。

/ 这命运般的诅咒，还能阻止它每晚的奔跑欲多久？

* * *

/ 蛇人。

/ 每过一阵子，他就要蜕一层皮，脱胎换骨，重新做人。

* * *

/ 那晚，大雨滂沱，沿着河堤回家的我湿透了。

/ 我忽然想起三脚猫，总有一些动物，乃我见所未见。唉，我见过的动物，何其少矣。

/ 领受自己的命运吧，像黑夜大雨中，雨点一样的眼睛。

/ 即使无法避免坠落，都睁着眼睛。

* * *

/ 想想先生。

/ 对于世界，对于什么，都只是想一想而已。

/ 单是在脑子中，就把美好的事情给开始、发展、高潮、结局了。

/ 我们的“想想先生”，真是一位悲哀的快乐先生，他自足于自己的小乐趣。

* * *

/ 天堂里会停电吗？

/ 海鸥会流泪吗？

/ 它的泪水会增加海水的浓度吗？

* * *

/ 那时我年轻，满嘴都是草莓。

/ 甜冽在挖掘之后，那一眼身体里细小的井。

* * *

/ 我看见那件旧雨衣，挂在墙角的木橛子上，和几片枯瘪的海带搭在一块。

/ 此刻，它们有着一致的颜色，灰头土脸；此刻，它们对雨水同时充满着期待——仿佛磨破的袖口已张开干裂的嘴唇，作为木乃伊的海带，就更不用说了。

/ 确实，很久，没有下过一场雨，人们的嗓子眼里还不是一样塞满了碎玻璃。

* * *

/ 那天，我走在街上，道路两旁一派节日气氛。

/ 商家总是把节日提前，催促人们准备这个，引诱人们购买那个，等节日真正来临时，倒无人关心了，人们早已像一只泄气的皮球，被疲倦塞满身心，懒得再动弹。

/ 走在节日提前的路上，女孩们手中都捧着爱情的见证，爱情为何爱摆一副蔷薇科的脸？

/ 只有一个女孩两手空空，然而，她本人却像一朵玫瑰，红红的，等着欲望森林里的大灰狼先生——一个去买玫瑰还未回来的人。

我记得

过去总会被合法化。

——霍布斯鲍姆

青春期之于我们的一生，正如法西斯之于历史。

——费里尼

/ 我们看不见“时间”，我们看见的是“时间的显示”，自然的朝霞和日落，形式异样的人造钟表，光色变幻，嘀嘀嗒嗒，我们感知到时间的身影和声息。

/ 亚里士多德说：“时间不会存在，假如没有人计算它。”他的意思是说，动植物无需计时器。

/ 在今天，计时器早已不再仅仅作为时间存在的某种证明，而是代表一个人的身份。计时器的生命甚至超越了它的使用者，像百达翡丽表的广告：“没有人能拥有百达翡丽，你只是在为下一代做保管。”

* * *

/ 那种渴望凝固下来的冲动在减弱——对雕像的回避，与此相反，对流动的事物，我们充满好奇。

/ 譬如，我们总在抱怨，又过去一年。

/ 我想，是人们的衰老，逼着时间不得不往前迈了一步。

* * *

/ “我记得”。

/ “有一天”。

/ 你问我为何总是喜欢这样开头，说实话，我也不知道。或许，我爱回忆。

/ 波德莱尔说：“我爱回忆那些毫无掩饰的时代，太阳爱给雕像镀上一层金。”

/ 回忆给过往镀了一层金。回忆，把情感的文物一一出土。

/ 当年老者，回忆他们曾经的痛苦历程，额头上挂着的皱纹，仿佛也被阳光照射得灿烂如花。

* * *

/ 爱森斯坦用他发明的蒙太奇手法，讲述他年轻时在剧院的美妙工作。

/ 他写道：“记得有次，一群猪跑到观众当中，跳到他们的座位上叫着。太有意思了。我的天，那时我们多快乐！”

/ 如果我们稍微了解一下 1920 年的俄国，就知道其时这样的快乐多么来之不易。

/ 1922 年 12 月 30 日，苏维埃社会主义共和国联盟成立，简称苏联。

/ 1925 年 12 月 28 日拂晓，曾对十月革命抱有真挚情感，并写下《大地的船长》、《天上的鼓手》的诗人叶赛宁，在列宁格勒一家旅馆自杀。

* * *

/ 时间观念。

/ 中国人的时间观念不强，我这么说会不会有夸大其词以偏概全之嫌？

/ 记得有一次我说中国人的节奏感不强，并举电视机里正在播放的非洲舞为例，但遭到一致反对，为表明本人也很爱国，最后我只好表示：中国人最会打鼓。

/ 的确，我是凭一些粗浅的认知，比如，中国古代把两个小时合在一起，以“时辰”为一单位，单位越大越不精确是吧？而臣民则遵循“日出而作，日落而息”的模糊作息规律。

/ 我看过英国一份 1563 年制定的《学徒法》，里面规定：“所有的工匠早上应于时钟显示的 5 点或 5 点前上岗，晚上应将工作持续到时钟显示的 7 点到 8 点之间……违反上述规定者，每偷懒 1 小时，应从工资中扣除 1 便士。”

/ 罗马不是一天建成的，长城也不是一个女人就能哭倒的，时间观念自然也不是与生俱来的。

/ 公元 1300 年，带自鸣装置的机械时钟在欧洲的修道院已被广泛使用，50 年后，它作为公共时钟在市民面前登场；15 世纪，欧洲各大城市的教堂和市政厅塔楼都安装了时钟。

/ 而当 18 世纪的乾隆皇帝拿到钟表的时候，他并未看见巨大的商机，也并未觉着上亿人口的天朝需要人人戴一块表，更别说富商戴三个表的炫耀需求了。

/ 他错过的不仅仅是创造一个“百达翡丽”的机会（没有人能拥有“爱新觉罗”，你只是在为下一个姓氏代管），还是提升臣民时间观念的大好时机。如今有款瑞士表宝玑，总在强调自己创始于“乾隆立朝”那一年。

/ 在一个讲“道”的国度，乾隆曾贬称这些小玩意为“器”。真奇怪，在我们传统里为何出现一个叫“大器天成”的成语。

孤独这只短信鸽

一辆孤独的卡车，秋天里／调转方向的最后一辆。

——奥登

您的孤独将会扩展，成为一所渐渐明亮的居室，他人的喧嚣远远地掠过您的窗外。

——里尔克

／孤独。每当盯着这两个字一直看，我就觉着，在最早的时候，它可能是一种动物，或两种，像狼狈。譬如，虫子；譬如，一种瓢虫。

／它们除非在某个时节要交配才在一起，平日里，则习惯单个飞来飞去或爬来爬去，它们从不轻易与同类生活在一起，对异类也很看不起。它们就这样，在大地上自个发呆，像天上人眼中的星辰。

／后来，人们用这种叫“孤独”的动物习性来比喻人类的某种行状。就像用老鼠来说一个人目光短浅，用驴子来说一个人阳具硕大，用马虎来说一个人心不在焉。

／只不过，孤独这种情感太突出了，人类从一诞生就感觉到它的无处无时不在，以至于这种高傲的叫孤独的动物，跑去了别的星球，它们怎么屑于象征一种人类情感呢。

* * *

/ 老聃的年代，人们便开始“寂兮寥兮”地感怀。

/ 从 20 世纪开始，人们是不是更加孤独了？

/ 很多事情开始于 20 世纪。从 20 世纪开始，人们做爱的频率越来越高，但满足感却越来越低落。像虫子对农药的基因适应，人类对摩擦运动系数也产生着更高的要求。

* * *

/ 穆齐尔说过，“诗人”是“对自我在世界中和在人之间那无可救药的孤独有着最强意识的人”。在缪斯的子嗣中，诗人对孤独有着比艺术家更深刻的垄断欲望，他们使用着日常的语言，却又无法像小说家一样绘声绘色地讲故事，他们只好用孤独证明自己的存在。

/ 孤独感越浓郁，存在感就越强烈。缺少孤独陪伴的诗人，在阿波利奈尔笔下，简直是一个“被谋杀的诗人”，而对孤独的摆脱，被看作一种“自我谋杀”。

/ 按我对孤独是虫子的理解，那么“诗人就是遥远的一种虫子不小心泄露的光”。

/ 孤独不仅是出产作品的资源，还被解读为作品的环境，仿佛越是不被理解，越是高明，越是在未来充满可能性。

* * *

/ 资本家垄断天然资源，艺术家和作家垄断孤独，或者说只有在艺术家、作家和诗人眼中，孤独才是一种正面的力量、光辉的阴暗面，他们垄断孤独的梦幻解释权与差异化功能。

/ 不是所有孤独都是孤独，不是谁的孤独都叫孤独，另外的人只配叫孤单和寂寞——仅仅作为一种情感，而不是某个作品的材料。

/ 在这个意义上，孤独确实是一种宝贵资源，伟大的作品皆采自孤独这座大富矿，孤独的凡·高、孤独的尼采、孤独的卡夫卡、孤独的波德莱尔、孤独的马尔克斯，孤独的不才在下……

* * *

/ 散步，孤独者的运动。我想象不出，像卡夫卡这样的人，还能热爱什么活动，或每天待在家里，或按部就班地去上班。

/ 诗人兰波写过散步的《感觉》："我将远去，到很远的地方去，就像波西米亚人 / 顺其自然——快乐得如同身边有位女郎。"

* * *

/ "找不出一个句子来匹配这孤独。"

* * *

/ 人们开始将情感寄托于物，得到一时之快慰，同时，获得终世之孤独。

/ "我的孤独是一条蛇，冰冷的，没有言语。"(此句纯系抄袭)

* * *

/ 如今的世界一分为二："服务区"和"不在服务区"。

* * *

/ 太阳落山，作鸟兽散之后的乡村集市，到处充斥着垃圾，烂菜叶子、猪粪、鱼子、塑料袋、血、麻绳、啤酒瓶、一只破拖鞋……

* * *

/ 展开翅膀，他仍然不是一架巨大的飞机，轰响着腾空而起；

/ 他仅仅是一只蜻蜓，单薄的羽翼，在探寻池塘的寓意——微小却有生命的飞行物。

* * *

/ 某年冬天，一个黄昏，我收到一封信，来自“Chicago”，我确信自己没有一位叫“芝加”的哥们儿。

/ 隽永的小楷，我知道是她——五年未见的一个初中同学。

/ 好像总是五年，她就会从世界的某个角落冒出来，像一个水泡，瞬时又不见踪影。

/ 如今，我的营生是邮差，我把一封封带着体温的信——尽管很少——送给忙着发短信的男女，他们看见我是惊喜，还是把我当成一名兜售避孕套或口香糖的推销员了？

/ 而你，此刻，又在哪里？我希望不管身在何处，都能收到你的信。现在，我是一个无用的邮差。

* * *

/ 有一处房屋，有两把钥匙，有时他们回去，有时能够相遇。

* * *

/ 短信鸽。

/ 我厌倦了发短信，你们呢？我想养一只信鸽，把写好的信，给你们送过去。

***

/ 唐朝以前的诗，我喜欢《古诗十九首》，因其巨大的苍凉与强烈的存在意识。

/ 人生天地间，忽如远行客。

/ 寿无金石固，人生忽如寄。

/《古诗十九首》，仿佛命运一般，没有留下一个作者的名字。

***

/ 想起死去多年的吉米 · 亨德里克斯《烧毁的房子》里的几句，孤独得要死：

终于我骑马离去
但那一天我永远不会忘记
在山谷处
我回首俯瞰一艘巨大的飞船
带着可怕的优雅从天而降
然后席卷所有的死者腾空而去

博尔赫斯和我

博尔赫斯是一个怀疑主义的幻想家，他甚至能够在警告我们的时候也迷倒我们：现实太容易塌陷了。

——哈罗德·布鲁姆

博尔赫斯总是被神话所吸引，总是被郊区的“坏蛋”或者草原上玩刀子骑手的粗浅印象所吸引。这些有血有肉的男子汉，天生就有野性，无拘无束，他们的性格与博尔赫斯截然对立。

——巴尔加斯·略萨

/ 博尔赫斯的生活单调刻板，谦卑朴素，枯燥乏味，厉行节俭，对自己近乎苛刻。

/ 博尔赫斯不是一个社会活动家和生活冒险家，既不是兰波也不是海明威更不是聂鲁达。

/ 当然，也不需要。

***

/ 某种程度上，博尔赫斯是波西米亚的一个反义词。

***

/ 他生活在发光的薄雾中心。

/ 不时有人来祝贺他是博尔赫斯，而他却在致爱默生的诗中写道：

“我的名字在整个大陆传扬 / 而我却从没活过 / 我渴望成为其他人……”

/ 做博尔赫斯，对他来说，实在是太容易的事情了。

* * *

/ 博尔赫斯相信，所有的文学作品都是由一个拥有多个名字的人写的。

/ 这个人是上帝？

/ 当阅读莎士比亚，读者变成莎士比亚。

/ 或者，莎士比亚、但丁、歌德，都是上帝的笔名。

* * *

/ 漫长的岁月，博尔赫斯躺在家中逼仄的床上，日复一日地写作。

/ 母亲在另一个房间，常常是他的第一个读者。

/ 为了写母亲禁止的暴徒主题，他趁一次外出度假的时候偷偷完成。

/ 我们知道哲学家笛卡儿一生躺在床上阅读，我们知道波德莱尔与母亲关系非常，我们还知道什么？

* * *

/ 有生之年，博尔赫斯始终羡慕真正的男子汉，与所有耽于行动的饱读之士一样。

* * *

/ 38 岁的时候，博尔赫斯第一次出来工作，在图书馆里将书籍分门别类。

/ 长达近十年的时间里，同事并不知晓他是谁，即使其中一位同事发现书架上有本诗集的作者与博尔赫斯重名，但他们并未过多考虑这巧合，二者到底是不是同一个？

* * *

/ 当时，很多人这样想：长途跋涉到布宜诺斯艾利斯，仅仅是为了与博尔赫斯聊一会儿天也值得。

/ 现在，我还这样想。

* * *

/ “我记得，”博尔赫斯说，“这是一个神圣的动词。”

/ 有时候，就连“下雨”，也是“在过去发生的一件事”。

* * *

/ 阅读和性爱是一回事，在博尔赫斯看来，二者都是对自我的取消——忘我？

/ 他在《杜撰集》中说：“所有人在性爱令人眩晕的那一刻都是同一个人，这种性行为剥离了我们的面具和我们的个性，我们再次成为亚当和夏娃。”

/ 请问，做爱的时候，你在想什么呢？博尔赫斯先生，如果你经常做这件事的话。

* * *

/ “虽然我阅读了很多，但经历得却很少。”

/ 1960 年，在《创造者》的后记中，已失明的博尔赫斯如此总结自己 61 年的生活。几年后，他纠正了这句话：“因为我阅读了很多，所以经历了很多。”

* * *

/ 博尔赫斯是否还会想起，年轻时在日内瓦，父亲带他去妓院进行性启蒙的那次以失败告终的经历？

* * *

/ 现今的人们，真让他受不了。

/ 他们的一言一行中随处表露着顾影自怜和冷漠的傲慢，浑身上下填满大惊小怪的自恋，无论走到哪里，嘴角都挂着个微不足道的“我”。

/ 博尔赫斯相信：自我是错觉。没有人本质上是某个人。

/ 我们在个性的外表下谁都不是。生命中的每一秒都是完整的和自足的。

/ 他之所以迷恋佛教无神论，因其致力于将自我从束缚中解放出来。

* * *

/ 在慰藉、耻辱和惊恐中，他领悟到自己不过是个空壳，只是在另一个人的梦里。

/ 有一次，博尔赫斯在街上被路人问是不是博尔赫斯，他回答：“有时候是。”

/ 没有伟大的雕塑家，维纳斯宁愿继续待在石头里。

* * *

/ 博尔赫斯真正生活在这个世界之外，蔑视报纸和收音机，对足球（阿根廷人的激情）没有丝毫感念，也从不自吹自擂。

/ 两个阿根廷人——博尔赫斯和切·格瓦拉，为何生于同一个国家？

/ 为何有国家这回事？

/ 他确信，有一天，人们不再需要国家。

* * *

/ 他是一个不以自己的身体和它的感官功能来刺激精神生活的绅士。

/ 请把蜡烛的两头都点燃。博尔赫斯说。

* * *

/ 博尔赫斯对名字和时间都不感兴趣。

/ 所有思想家都在重演柏拉图和亚里士多德，所有的作家都是荷马或莎士比亚。

/ 荷马就是所有人。

/ 让他感兴趣的是永恒，而不是时间。

* * *

/ 对于自己，博尔赫斯在《我的一生》中，这样总结道：

“这里又一次，饱含记忆的嘴唇，独特而又与你们的相似。

我就是这迟缓的强度，一个灵魂。

我总是靠近欢乐也珍惜痛苦的爱抚。

我已渡过了海洋。

我已经认识了许多土地；我见过一个女人和两三个男人。

我爱过一个高傲的白人姑娘，她拥有西班牙的宁静。

我见过一望无际的郊野，西方永无止境的不朽在那里完成。

我品尝过众多的词语。

我深信这就是一切而我也再见不到再做不出新的事情。

我相信我日日夜夜的贫穷与富足与上帝和所有人的相等。”

夜晚与疯狂

一定得有才华。

——雷蒙德·卡佛

我像培育一朵温室的花一样培育对行动的憎恶。我和生活闹翻且引以为荣。

——费尔南多·佩索阿

/ 我的邻居，是一个单身青年，他和妈妈一起住，他没媳妇，因为有“神经病”（癫痫？），远近的姑娘都不敢嫁给他。

/ 他平时跟普通人一样，劳作过活，他给我印象最深的一次犯病是，他没穿上衣，拿一把短刀追着过路人跑。

/ 他小时候学习成绩不错，他哥也是，是那会儿少见的高中生，人们都说我们这一片宅基风水好。如今，生活条件好一些，他多年没再犯病。

/ 如今，我在城市里漂泊，对村里的人事日渐疏远。城里骂人喜欢讲“你神经病啊”，我没搞清他们是不是真的神经病，反正，他们拿刀的时候不会光着上身，而是西装革履、一本正经。

* * *

/ 我注意到路边那个乞丐，不是同情心发作，而是因为感觉面熟。

/ 其实，看他第一眼的时候，我就记了起来。

/ 三年前，济南，他在人民商场那一带乞讨，我每天上班都从他旁边路过。

/ 他的披肩长发，上面总有杂草；他的眼神，有诗人的忧郁与恍惚；他的左腿，有一点瘸……

/ 几年不见，他和我一样也来北京混了。

吹安全套的小男孩

我敬佩简单的快乐，那是复杂性最后的避难所。

——奥斯卡 · 王尔德

我们需要伟大的黄金般的性交。

——吉姆 · 莫里森

/ 性之别。

/ 在小时候，我和她是一样的。捉鱼虾、掏鸟窝、爬墙、上树、满山疯跑、随地小便……

/ 有一天，她被她妈妈郑重其事地教育："别跟男孩子一样。没羞没臊。"

/ 然后，慢慢地，她就长成了"女孩子"。

/ 13 岁的时候，她看我的眼神，已让我感到陌生，里面有我穷其一生都无法理解的东西。

/ 且问儿时，谁个不曾吹过安全套呢？因为大人们说，"这是气球"。

/ 有一次，我们竟然在一个安全套里倒进去一桶水（女人腰那么粗的铁桶），这简直比灌老鼠洞还要命，累个够呛。

* * *

/ 青春词条：读物（一）。

/ 我看过的书太杂，复杂和杂乱两层意思都有，尤其在早年。

/ 有些书，上得了书架（台面），有些却只能躲躲闪闪，掖在床铺底下，藏在墙外的草垛里……或干脆匆匆翻阅一遍就扔进垃圾箱——趁无人注意的时候。

/ 那些曾让我面红耳赤、心跳加速的读物中，我记得有日本的小说（女主角都叫××子），亦有传统文化不可分割的一部分留给我们的禁毁小说，它们填补了青春初级阶段对于性的想象。

* * *

/ 每个人都有一本自己关于性的“蒙学通书”。

/ 我印象最深的描述性的文学名作是《天方夜谭》，一千零一夜，充满欢快的性。

/ 至今，土耳其人的“浴室”依然令全世界为之倾慕、向往。

/ 记得某个故事，把阳具比喻为一枚“钥匙”，隔着衣服进入女孩……这枚钥匙，开启了我青春的伊甸园之门。

* * *

/ 打针游戏。

/ 过家家是我们儿时常玩的游戏，孩子们对“社会角色”开始了懵懵懂懂的初次模拟与拙浅扮演。

/ 总有一天，他们长大成人，完全沦陷在各种角色之中，成为一个好演员，把最真实的那个自我，赶到潜意识的十八层地狱里。

/ 不能对刻薄的老板说脏话，要毕恭毕敬地赔着笑脸；不能对妻子说，“我看上一姑娘真不赖”，要尽职尽责养家糊口。

/ 再来说过家家。有一次，我的角色是“医生”，按照对此职业的浅见，我首先给“病人”检查了身体，然后给她打针。可是却被路过的家长，一声呵斥，阻止了“医生”的好戏，并训责了我们。

/ 其实，她多虑了（或者是她的成人思维习惯，女人的私处不能随便触碰），彼时的我们，完全没有性意识，都没有过分关注彼此的“身体不同”，没把自个当“男人”“女人”，单纯地演戏而已，像成人拍“床戏”，并非都是真枪实弹。

/ 当时我们也没有觉得害羞，等到五年之后，我们的“第二性征”才出现。

/ 在我看来，第一性征，属于伊甸园里的世界；第二性征，开始于从伊甸园中出走的那一刻——偷吃了禁果。自此，我们的身上，开始长出一种叫“羞耻感”的毛毛，同时，我们开始对毛片产生了某种好奇心。

* * *

/ 她总是无动于衷，给我无尽的诱惑。

* * *

/ 我想念一个姑娘，此刻，她在给男友煮方便面；

/ 我想念一个姑娘，她嫁人去了天边；

/ 我想念一个姑娘，她在老家等待嫁人；

/ 我想念一个姑娘，她的思想在深夜发光；

/ 我想念一个姑娘，她怀孕了，正为房贷发愁；

/ 我想念一个姑娘，天亮的时候，她说要嫁给我。

***

/ 青春词条——读物(二)。

/ 14岁那年，宿舍里不知谁搞到一本《新婚指南》——旧书摊上的盗版货，这本书最后一定是被我们翻烂了。

/ 简单线条勾勒出的各种“体位”，尽管粗糙得要命，却已让我们面红耳赤、心跳加速。后来好像再未遇见一本书，让我如此激动过。

/ 每一拨男孩都有自己的《少女之心》，不是因为思想，而是因为偷窥般的好奇。

***

/ 出轨。

/ 对按部就班、周而复始的日常序列是一种挑衅与讥讽。

/ 很多时候，人们光明正大地谴责出轨，不过是对自我不满的借口宣泄，不过是痛恨别人做了自己无法改变的平庸现状。

***

/ 贞操。

/ 处女膜修复技术已日趋成熟，文化处女膜如何修复？——无需修复。

/ 它不长在女人的两腿之间，而是根深蒂固地存在于男人和女人的脑袋中，它一触即破，又万般难瓦解。

* * *

/ 性的人。

/ 没有一个物种像人类那样乐此不疲地迷恋于性。

/ 没有一个物种像人类那样每个季节都处于发情期。

/ 没有一个物种像人类那样将生殖的性与娱乐的性分开得那么清晰。

/ 没有一个物种像人类那样采用着那么变换多端的性姿势。没有一个物种像人类那样刷新着固定时间内的性次数、固定次数内的性长度的纪录。

/ 没有一个物种像人类那样对性充满那么强大的需求以至形成以此为职业的产业链；

/ 没有一个物种像人类那样围绕性重构了社会秩序、情感空间、交往模式。

* * *

/ 对性交丧失兴趣的物种，濒临消失的物种：熊猫。

/ 进行性交难度高的物种，已经灭绝的物种：恐龙。

/ 对性拥有持续高涨热情的物种，神奇的物种：人类。

* * *

/ 爱莫能助。

/ 有一天，他再也不能勃起了，只是不动声色地在暗中万千努力，挤出了一滴稀薄的精液，像假惺惺的女人，眼角挂着一枚鳄鱼的泪珠。

/ 我又想起《养蜂人》中的画面：

/ 当着老家伙的面，年轻的姑娘和小伙，在临床吱呀吱呀摇晃起来……

/ 所有男人，都会面临这一刻。所有时段，都会遭遇这场景。

/ 生命可以于此戛然而止。

* * *

/ 有床的地方，就有叫床声。

/ 目前的住宅，拥有 70 年的法定使用权，但据专家说建筑本身的寿命也就二三十年，这说明建筑比建筑师更懂事，它知道自身的风格根本活不过实体，在坍塌变成废墟之前，早已成为过时的活标本，遭人鄙弃。

/ 满大街灰头土脸的建筑！

/ 开发商口口声声地说要为城市和市民打造建筑经典，我觉着谈经典，简直是一种高明的欺骗，而且无耻，经典比时尚无耻，因为经典是未来的，时尚是当下的，当下的时尚可能成为未来的经典，但未来很遥远，连当下都满足不了，何谈未来？

/ 美国建筑师赖特设计的流水别墅，估计是 20 世纪以至如今最著名的私人住宅，经过四分之三个世纪的检验，它堪称建筑中的经典作品。

/ 但真正经得起时间洗涤与艺术甄辨的有几多？与公共建筑相

比，私人住宅成为建筑经典的概率无疑更小一些。

/ 我们的社会正处在初级阶段，这是所有领域的初级阶段，建筑也不例外。

/ 怎敢期望开发商建造百年建筑传世作品，能够屹立 50 年不倒就不错了，如果届时仍可一观，简直可称为奇迹。我不知道国外的住宅如何，中国开发商建造的房子，连造个爱都不好意思大声叫——初级阶段的隔音水平。

* * *

/ 文明的进步之一例，就是把做爱按功能进行区别：生殖的、生意的、生活的、生理的、生趣的……而不再仅仅作为“交配”的方式，像其他动物。

/ 人类聪明地借助外部手段，诸如加膜防护、服用药物、人为结扎，为区分创造了条件。

/ 但快感和生殖并未从意识上真正分开，就是说作为一个男人，仍然没有办法，既达到高潮，又不射精。当然，连续多次以后除外。

* * *

/ 看见白花花的大米，就想把手指深深地插进去。

/ 你有这习惯吗？

* * *

/ 性瘾者和熊猫人。

/ 伍迪 · 艾伦有部电影《性瘾者》，喜剧式地向我们透露了这样一种病症——性上瘾，学名强迫性性行为 (Sexual obsessions)，是一种与性行为相关的强迫症，患者会不自觉地非常渴望与他人进行性行为。

/ 与性瘾者相反，还有一种病是高度性冷淡，对性行为提不起半点兴趣，我把这种现象称为“熊猫人”。动物饲养员，需要给大熊猫播放经过特殊制作的性爱 DVD 才能唤醒其交配的欲望，再不行只能人工授精。

* * *

/“那个时代的女人们，可真不幸。”

/ 有些极度自闭的人，将全部的爱给了笔下的人物，以至于自己并未亲自去爱，或者说已丧失爱的能力。

/ 有好多这样的作家，像亨利 · 詹姆斯，他爱孤独胜过爱他的女人，他关上门窗，又多穿了两件衣服，他压抑着自己，他可能一生未曾性交，他在小说中将爱绽放。

/ 作为他的同代人，奥斯卡 · 王尔德为人为文均极其张扬奔放，但他又是一个同性恋。

* * *

/ 一头公奶牛的世界观。

/ 不用惊讶，作为牛类的一种，奶牛也分公母，而母奶牛就是我们印象中的黑白花色奶牛，就像提及护士天然觉着应该是女性，这无可厚非，人类总是受限于自己的惯性思维。

/ 公奶牛确实存在，虽然它更倾向于自己不存在。它短暂的欢乐没过多久便被漫长的职业生涯所取代，有时候它倍感绝望，简直生不如死，还不如成为它那 9/10 的兄弟们。

/ 乍一听到公奶牛的工作，男人或许会羡慕，是的，公奶牛是用来交配的，它们必须保证所有母奶牛都处于哺乳期，所以，它们要不停地交配……公奶牛的平均性伴侣是 12.5 个左右，仅次于性情奔放的土耳其人。

/ 如此，日复一日，学过经济学的人都知道，同一件事情，做的次数越多，快乐边际效应越低。所以，一个男人很容易理解一头公奶牛的绝望。

/ 公奶牛来到世上，有两种去向，都不是它们自己能选择的。刚生下来的小奶牛，如果是母的就被饲养起来，如果是公的则按照 10 ∶ 1 的比例养活。因而，对初生的公奶牛来说，十有八九会被杀掉，剩下的一头，去做职业配种。

* * *

/ 我认识一个女孩，她满世界地走。

/ 除了带着一副身体，就只有一个背包，几件简单的衣物、牙刷等必需品。

/ 她走到哪里，都能遇到收留她的男人，有时她和他们做爱，有时不。

/ 她从不告诉别人自己的名字，因为，很快，她又要到另一个城市。

/ 有一次，她甚至去了村上春树的小说中，不是《且听风吟》就是《斯普特尼克恋人》。

＊＊＊

/ 我每天都从这里路过，日复一日，冬凉夏暖，踩着街边的一块块方砖。

/ 就在那几棵大杨树后面，有一家不大不小的店面，上面的牌子上写着“烟酒销售”。

/ 我记得看过一个电影，关于美国戒酒令与黑社会与年轻人的梦想，那种画面里的女人都差不多的调性——高贵而风骚。

/ 我这么说明白么？或许，她也在《美国往事》或者百年前的巴黎街头出现过——她们是 20 世纪初叶的女人。

/ 我每天路过这家“烟酒销售”店。早上，它用闭门羹招待我，紧紧关着的下拉门，将招牌显得很无助很立体主义。

/ 它白天并不营业，仿佛人们白天不喝酒不抽烟，那人们到底什么时候抽烟喝酒呢？

/ 黄昏时分，我从这往回走，店门打开了，烟卷不在货架上，而在一片口红中，她抽烟的姿势有着 21 世纪中国的特色。

/ 酒呢？

/ 她说，你来了自然会醉。

/ 是呵，她已经在超短裙中酿好了啤酒，泡沫从她的乳头上汩汩而出，清香传到了街对面的炸鸡店，年过中年的女老板，嘟囔了一句：“我已没有资本，做那肮脏的生意。”

/ 有时候，她们向我招手，然后指指自己的下半身，面露下半身女诗人一样的笑。

/ 随着她手指的指引，我看见她的皮裙下面不着一丝、空无一物，哦，不，她有着与时代一样夸张的嘴巴。

* * *

/ 跟谁发生关系很重要。

/ 在清朝，有一个叫叶赫那拉的小姑娘，在 17 岁，别人骑单车谈恋爱的年纪，与一个叫奕詝的男人发生了关系，日后，她成为赫赫有名的老佛爷，她死后获得了有史以来最长的贞节牌坊：“孝钦慈禧端佑康颐昭豫庄诚寿恭钦献崇熙配天兴圣显皇后”。

* * *

/ 大小不是尺寸问题。

/ 尺寸也有大小的问题，也会演变成情感与社会问题。

/ 个人以为，奢侈品，即人的尺寸的延伸，是变相的丰胸手术、阴茎延长手术。

/ 当一个民族整体自卑于自己的尺寸时，就不仅是生理和心理问题，更是文化命题。在此种意义上，亨廷顿说得对：“未来的战争一定是文化尺寸的战争。”

/ 而一个自信的大国，根本不会以“×× 起来了”、“×× 硬道理”作为宣传口号。心虚嘛！——综合国力之肾虚。

/ 我说的尺寸是格局，是胸——胸怀的尺寸问题。

/ 自我缩小未必抵达艺术真实，相反，它通向家长里短的长吁短叹，它运用经典的无病呻吟之句式。

/ 毋庸讳言，我认同“大”：历史情怀、文化抱负、人类情感……如波德莱尔所说：在大自然里面，在艺术里面，如果价值相等，我比较喜爱比其他事物“大”的事物，像大动物、大风景、大船、大男人、大女人、大教堂……我认为体质在缪斯眼里并不是不重要的因素。

＊＊＊

/ 莫道不销魂。

/ 多么美妙的一个词，首先想到的自然是颠鸾倒凤、巫山云雨。

/ 高潮到每一根神经末梢，每一片骨头缝隙的巅峰极乐，伴随着麻雀在后的恐怖氛围与近在咫尺的死神气息。

/ 销魂——抛售灵魂，向魔鬼？或是酒神狄俄尼索斯对日神阿波罗的一次胜仗？

/ 销魂，常常指向反常的、非人的、偏离的、诡异的快感，如《聊斋志异》中，深夜荒郊古寺的书生，与之交欢的美女（狐仙？）所制造的快感，离鬼魅一步之遥，不能自抑无法自拔。

/ 莫道人间苦，此刻最销魂。

/ 第二天，寺里的法师，免不了要为奄奄一息的书生——叫魂（招魂）——“回来吧”——从那要命的快感中。

/ 记得有本小说把性写为“致命的飞翔”，没有一个词，能够如此生动而准确地表达出性快感与死亡的关系。正如福柯所说：“我梦想快乐。我甚至希望有那种过量的快乐，我宁愿为它而死去。……对我来说，那种纯粹的完全的快乐总是同死亡联系在一起。”

* * *

/ 有一天，我来到她住的半山腰，她说要用山里的泉水煮面，于是，我们徒步十几分钟来到一处山麓（回龙山），已有四五个拿水桶的人在等着接泉水。

/ 这是一座以泉水闻名的城市，眼前的浆水泉见于《名泉碑》，系“七十二泉”之一，因水质美如琼浆玉液而得名。

/ 清代张善恒《山左诗抄》赞其“沁齿琼浆寒，飘飘生遐想”。

/ 她就像诗中描述的这个泉的样子，是个有些凉意的女孩，体温比平常人低两度？

/ “所以更需要男人呀。”有次她开玩笑说。

/ 她觉得我是个书生，能说出那么多书名和人名。

/ 她当然更喜欢我是一头野兽，当野兽从她的密林深处跌撞着倒下来，她也满意地凉凉地躺在一边。

/ 野兽之后，女孩子总是想抱一抱，而野兽本身却总是想独自安静一会儿。

/ 曾瞥见一句诗：“那个人喜欢扑克牌，喜欢在疼爱我的时候抽一根香烟。”

/ “交配让人忧郁”。或许吧。

听故事的人

当我们读完一本书时，我们那在整个阅读过程中都跟随巴尔扎克或福楼拜的节奏的内心的声音还想继续像他们那样说话。

——普鲁斯特

我喜欢把自己看成是一个作家传统中的一位成员，不管他们是谁，来自世界的哪个角落，他们都无一例外地与世隔绝，把自己关起来只跟书待在一起。真正的文学始于一个把自己和书关起来的人。

——帕慕克

/ “在深深的海洋中洗涤以后”。

/ 如今的人们，别说写作《追忆逝水年华》这样的巨著，连阅读整本《追忆逝水年华》的能力都已消失殆尽。

/ 做一个优秀的阅读者，不要做一个低能的“作者”。成为读者，一位绝妙的读者，阅读，而非写作，更让我浮想联翩。

* * *

/ 更多时候，文字是用来让人迷路的，现实太横平竖直了，需要到文字里误入歧途。

／ 但总有人热衷扮演导师，指引唯一的光明道路。

***

／ 读书——这俩字，存在久远传统累积起来的霸权味道，总带点高雅色彩，于是成为一种“政治正确”的个人行为。

／ 因此，很多人，喜欢在各种表格的“爱好”一栏，认真地写上“读书”二字。

／ 青年艺术家金石的装置作品《五车八斗》，向我们展示了另一种触目惊心又真实存在的读者群。

／ 他搜集了成千上万册地摊上的流行书，然后像图书馆一样分门别类，命名为“易心读书社”。

／ 走进这个“读书社”，你会惊讶地发现，这些书的作者，没有一个是你熟知的，没有一本属于“经典”，作者名字大多类似“全庸”“王京瑶”“痞子菜”等等——这也是我们普遍存在的一个“读书”时代——民众近三十年的读书缩影。

***

／ 有些人的摇篮，幸运地紧挨着“大师的摇椅”，近水楼台先得月光普照；

／ 有些人的文学入门，比如诗歌，很不幸是汪国真，“我不去想是否能够成功／既然选择了远方／便只顾风雨兼程……”

／ 先上路，走得未必就远；绕弯路，不一定就死在死胡同。

／ 俱往矣，“即使天才，在生下来的时候的第一声啼哭，也和平常的儿童一样，绝不会就是一首好诗。”

***

/ 当还年轻的时候，我多么想成为普鲁斯特啊。

/ 我不仅想成为普鲁斯特，我还想要一辆大吉普车。

/ 我不仅想开一辆大吉普，我还想做中国的普希金——“诗歌的太阳”。

/ 但我不想要他那样的胡子，结果，我的胡子真的跟他不一样。

***

/ 秦始皇、曾国藩、杜月笙、武则天、吕不韦、胡雪岩、毛泽东、纪晓岚……

/ 某套名为“中国人物”的丛书。

***

/ 我记起三驾马车之一的普列汉诺夫，写过一本名为《论艺术》的书。

/ 这本从旧书摊捡回的泛黄之书，内页上有不知名者的印章，此刻，它与别的书一同堆在墙脚。

/ 我也记起，这本书还有另一个让人伤感的名字——《没有地址的信》。

***

/ 房间里，只剩下我和一个鬼。

/ 他在说他的鬼话，我在喝我的绿茶。

/ 仿佛我们彼此不相识。

／ 仿佛我们就是彼此唯一的听众和观众。

＊＊＊

／ 运河始终没有结冰。

／ 让人想起冰封已久的童年时光。有一次，我去东河滑冰，结果用力过猛，闯进薄弱的禁区，等我从冰窟窿里爬上来，棉鞋和一半棉裤都湿透了，又不敢回家，于是，自己从树林里找来树枝，燃起火烘烤……

／ 那个平淡的下午，让我又想起屠格涅夫和他的《猎人笔记》，其中有我喜欢的一篇叫《白净草原》。

／ 多年过去，我现在都不穿当年那么厚的棉裤了，但屠格涅夫字里行间的气息，却闭上眼睛就能闻到，尽管他写的是俄罗斯晴朗的七月，尽管我不认同把那种气息称作“诗意的现实主义”。

＊＊＊

／ 读过一些民国时期的人写的信后，我承认，如今人们已经不怎么会写信了。

＊＊＊

／ 我记得，费里尼在他一篇题名《我记得》的笔记中提及一个场景：

／ 一个男孩在抚弄一个女孩，吻她，温存地拧她的鼻子。然后，他起身去拿西瓜，另一个男孩过来，对女孩做同样的动作。

／ 男孩回来后，看着他的朋友亲吻女孩，自己则在吃西瓜。等后来的男孩消失在跳舞的人群中。

/ 费里尼忍不住上前问男孩："她不是你的女朋友吗？"

/ 那男孩回答："她是一个乐于跟我在一起的女孩。"

***

/ 书环境。

/ 我更关心书环境，因为太多垃圾，以书籍的形式，充斥着人们周围，骚扰着人们的视界。

/ 那种让我们流连忘返、沉浸其中、欲辨忘言的书环境，越来越不容易找到。

/ 书，会形成一种环境，说氛围也可以。

/ 我记得，那些以读书为业的时光，什么都不用关心，徒步去图书馆借一本小说，夹在胳膊下，随便找一个教室的角落，不管周边喧哗嘈杂吵闹，都一概消失一般，你进入小说里，仿佛凝固在宇宙中的状态。

/ 当回过神，不免心生惊异，刚才的你去了哪里？

/ 而一本好书，可以改变我们的时空体验，这就是我说的书环境。

***

/ 书之墓。

/ 有时候，我觉得图书馆是一个很恐怖的地方，像一幅不断更新的《雅典学派》，各个时空里的人，活在其中，瞪着眼睛，让人不寒而栗。

/ 我知道很多人，终生的梦想，可能就是在这里占有那么一个小格子——多像骨灰盒——只不过这里装的是精神骨灰吧。

***

/ 有一天，他被一个故事迷住了。

/ 她是一个没有信号的女人，不需要电话、手机、电脑。此刻，他在到处找她的入口。

/ 他想起一句诗："一个故事中有他全部的过去。"多么适合拿来做墓志铭呵，他就是为一个这样的故事，才来到这世界。此刻，他正被一些故事的情节所迷惑，失去了走到街上的信心和兴致。

***

/ 我记得，我读过的第一本"名著"，就是《钢铁是怎样炼成的》。

/ 我早不记得里面的内容，除了冬妮娅这个好听的名字，我曾把它安在隔壁班一个女孩身上，后来才知道她家三代贫农，根本不是"小资产阶级"，我感觉受到了情感的伤害。

/ 嘿，我的冬妮娅，再见，我的冬妮娅。再见，那些打手枪的欢快穷时光，如今我早已洗手不干。

***

/ 准备那样生活吗？

/ 我记得第一次读约翰·伯格时的新奇与兴奋，就连广告这样在人们看来近乎庸俗的话题，他也谈得那么好，把被我们当作心情破坏机的广告说成一种"可及的梦想"。

/ 或许，我们是被坏形式坑习惯了，以至于总是质疑形式本身而忘记了该如何去改进内容。

/ 我读的他的第一本书是《观看之道》，观。看。在我们眼中如此普通、日常、微不足道，正应了“司空见惯”这个马路词，有什么好进行“学术讨论”的呢？

/ 或许，我们太关注那些重大命题以及重要讲话了，太过于注重“母题”和“原型”的地位。

/ 约翰 · 伯格被认为是当今最有影响力的批评家、作家和公共知识分子。虽然，他从未改变世界，却从根源处改变着人们看世界的角度和方式。而我日渐相信：没有世界，只有世界观。

/ 据说，最近 30 多年，约翰 · 伯格一直生活在阿尔卑斯山脚下的一个法国小村庄，他着迷于当地山民那传统的生活方式，并将这种生活方式贯穿于思维方式，反映在作品之中，他以古朴醇厚的文风，吹过我们庸俗不堪的头顶。

/ “一个月内，几千只蛙将前来水塘交配。现在，水面在晚间依然结冰，清晨的圆石因霜反光而闪烁。几年来，我经常在此地看见一只苍鹭。有时它栖息在某一株冷杉树梢附近。有时它立在沼泽间，捉鱼的嘴蓄势待发。苍鹭捉鱼时身手敏捷，只消一眨眼工夫。而在苍鹭筑了巢，准备迎接母苍鹭的时候，它抬头让嘴垂直指向天空，有如一座尖塔，或一尊布朗库西的雕塑。”

/ 正如约翰 · 伯格的深刻洞察，“现代社会对人类生活的贬低”不遗余力、贻害无穷，而在没有“领地”的写作范畴，他极力寻找人类应有的自由。“写作不过是去接近所写经验的行为，正如(但愿)阅读是去接近所写文本的行为一样。”

/ 约翰 · 伯格说：“我想，下辈子我可能出生在巴塞罗那，说加泰罗尼亚语。你呢？里加，或加拿大北方某个地方？……出生在哪里好呢？也许我们可以为下辈子制作一张地图——带折页的！”

/ 可是，我依然乐于在大城市里迷失，还没魄力去一个小村庄生活，即使一年半载或许都无法忍受，我不能忍受的是什么？物与信息世界的消失？

* * *

/ 听故事的人。

/ 约翰 · 伯格有一本书叫《讲故事的人》，一般说来，“讲故事的人”自然属于“有故事的人”，当然，有些人或许足不出户，但天生会讲故事。

/ 用不同的材料和形式讲故事的人，这种人可以称为艺术家、文学家。

/ 人为什么要讲故事，或者说听故事？因为，人是记忆动物，而记忆是一个强大的过滤器：经过记忆沉淀，再讲起过往就变得美好许多，包括失恋失望失败等负面情绪在内。

/ 我记得有一个奥斯维辛集中营的幸存者，获诺贝尔和平奖的授奖词即《让我们讲故事》，灾难面前的一个个纯净故事。如果纳粹士兵在听完故事之后去集中营，或许不会做那令人发指之事。

/ 讲故事的人，都是泛史官，而我们的历史——history——正是人的故事。薄伽丘是讲故事的人，蒲松龄是讲故事的人，安徒生是讲故事的人，美好的故事让人类少做噩梦。

/《天方夜谭》是讲了一千零一夜的故事。国王山鲁亚尔因痛恨王后与人私通，将其杀害后，每天娶处女一名，翌日清晨杀掉。聪明的山鲁左德用讲故事的方式，让一位暴君的心灵安静下来……叶赛宁说得好："我们的心灵就是山鲁左德。"

/ 有好故事可以听，是一件幸福的事。

* * *

/ 淋湿之书。

/《钢铁是怎样炼成的》还是《黑暗的心》并不重要，一本书被一场大雨淋湿，像查泰来夫人和查泰来夫人的情人在大雨中做爱；一本书被一阵大风吹皱，一张历史的老脸？

/ 风雨过后，没有流行歌曲中唱过的彩虹，只有书中的思想仍然完好无损，散发着湿漉漉的墨水味。

/ 烈日下，淋湿之书在屋顶上，凉了三天三夜，书中的思想也没有被晒干，说到底，书中的思想甚至不需要书这种形式。

* * *

/ 器官移植。

/ 如果说"笔不是作家的工具，而是他的器官"（卡夫卡），那么，对于今天的作家，键盘和鼠标就是他们的新器官。工具是外部条件，由使用者发挥主观能动性，废而即弃，随时更新；器官是内部要素，乃自身的一部分，器官会出故障（生病）、会退化（衰老），牵一发而动全身。

/ 我们对未来科技、科幻的想象，常常通过在身体植入或替换新器官，这是关于器官的寓言。我们还未像发明工具那样来随心改变基因，因为，这不仅是生物学，还是伦理学的问题，是一种“禁忌”“禁区”。而写作，在某种程度上说，是一种个体和社会的伦理结构。

/ 工具的改变，会变成思维方式的改变。掌握工具进行劳动，在恩格斯看来，是从猿到人的巨变。从石器到机器，从手工艺到流水线，工具变革直接导致社会变革。在外部，人类通过工具革命实现社会革命；在内部，则通过器官。

/ 当萨德在牢狱中，用鹅毛、鸡骨头、玻璃片、咬破的手指来书写时，他仿佛变成一个写作的器官。

消逝的童年

只有逝去时代的冒险乐趣才适合我。

——夏多布里昂

即使在最坏的年代，天上也有群鸽飞过。外面的世界再乱，回到院子里总是明亮、安静。

——艾未未

/ 傍晚，我去运河对面的农贸市场，买了一捆小白菜。

/ 回来的路上，想起小时候家人在园子里种菜的场景。

/ 那些菜籽的名字，诸如“丰收 1 号”“矮抗 2 号”……跟我们时代的火箭、飞船有着相似的命名系统。

/ 我记起一连串的动作——平地、挖坑、浇水、布种、覆土，然后用一片杨树叶遮上，上面再放些轻沙粒，直到过几天，幼芽冒出，再把叶片移开。

/ 我记起种菜的祖父，如今去世已多年。

/ 身为南下部队某通讯排长，他从山东出发向南一路打到厦门，一枚渡江战役纪念章和他讲述的故事保留至今。

/ 解放后祖父返归乡里，活到八十多岁，在他生前，还没有一种网络游戏叫“偷菜”。

* * *

/ 有一次，我们在村子附近的沭河里捉青蛙。

/ 我从未一次见过那么多青蛙，星星一样洒满了整个河面。

/ 我们只好把捉来的青蛙装进帽子，像变戏法一样。

/ 至于后来将青蛙如何处置的，我记不起来了，总之没有做一顿“干锅青蛙”。

* * *

/ 童话，起初是写给成人看的——文学上的恋童癖？

/ 人们开始关注儿童是晚近的事情，之前更多依靠“自然选择”。

/ 童话，总是与色情相关，与娇滴滴的小红帽有关，与暴躁的父亲有关，与香艳的后母有关……

/ 再说，童话变得无关紧要，孩子们百玩不厌的是迪斯尼乐园，百看不厌的是动画片，《哈利 · 波特》会取代《哈克 · 贝利芬》吗？

* * *

/ 唯一不干涸的是童年之河。

/ 具体的祖籍变得模糊不可辨认，抽象的故乡在大地上轮廓逐渐清晰。

/ 此刻，它在一幅画中，我就是在列维坦《三月》这样的氛围中度过童年。

* * *

/ 在我还没有试图去理解那么老的一个女人时，我的祖母，她就去世了。

/ 家里，连一张她的相片都没有，一张都没有（祖父那挂在博物馆的相片多么孤单）。

/ 而我，根本不记得她的相貌了，一点都想不起来。

/ 每次追忆起祖母，只能想到她坐在堂屋门前，像一团巫婆。是的，一团模糊之影。

/ 我记得我 7 岁时见过的一个女孩，20 年后，在街上，我一眼就认出她，旁边陪着陌生男子和小男孩。

/ 但，我真的想不起祖母的面容了。

***

/ 我已经好几年没听"乱星"的歌，桑多瓦尔的声音，有种让人一点点死去或凉透的感觉。

/ 每当此情此景，我就会把随便什么当成温暖：一块纸片、一个烟头、一群鸟飞过、一只猫在打盹……

/ 而你，恰好推门进来……这样的想象，让人冷得更彻底，更无以复加。

***

/ 三棱镜与万花筒。

/ 记得儿时玩过两种自制小玩具，万花筒和三棱镜，简单的光学原理，非常容易制作，又能给人无穷趣味，算是没有变形金刚的童年的穷开心吧。

/ 多年后，我发现童年真是一个人最大的富矿，那些伟大的文学家、诗人、艺术家，无不热衷向童年投石问路汲取营养，把曾经的小兴趣变成了大理想。

/ 布勒东显然也这么想，他说："假如他保持着某种清醒，他只能回顾童年，尽管童年已被训练动物者的关心所扼杀，但它仍然对他充满魅力。"

/ 我看过一些哲学书，包罗万象的各式思想，深不可测的言说方式，有时让人摸不着头脑。单是一个现代、后现代就著述无数，如果拿儿时的三棱镜和万花筒来比较，形象异同则容易理解得多。

/ 三棱镜光线的规则排列，理性之光的真实流露，白晃晃的日光，经过折射变成完美的七色光谱，横平竖直地存在，仿佛上帝与理性本身。

/ 万花筒五彩缤纷的碎片，割裂的图像的集合，纷繁的多元的，无秩序的无规则的，散乱的美好，无中心的风景，正如非理性的莫可名状。

***

/ 室内滂沱。

/ 记忆中的老房子，每当夏日雨季来临，便须动用家中大大小小的盆罐碗碟，以接住从茅草屋顶漏下的雨水，屋子里顿时叮叮当当像奏起音乐，在年少无心的孩子看来，倒别有一番生趣。

/ 有次，在一碗清浅的滴水中，竟然出现一条银白色的小鱼在游来游去，我们都以为是天上掉下来的。

/ 当然，天上掉不下林妹妹，更何况鱼呢，是父亲逗我们开心。屋漏偏逢连夜雨，穷苦人家有穷苦人家的乐趣吧。

* * *

/ 在一首诗中，我写过烟炉。

/ 照看烟炉的人，通宵不眠，借着昏黄的灯光，那些难耐的夏夜，我们喜欢在烟炉草棚里打牌、听大人讲故事。

/ 我们老家那上好的烟叶，或许，可以换你一剂针筒，亲爱的金斯堡。

* * *

/ 读着罗琳阿姨长大的孩子，还知道严文井吗？

/ 我记得严文井有篇叫《浓烟与烟囱》的童话：

骄傲的浓烟，看不上笨重的无法动弹的烟囱，它欢快地上升、跳舞，俯视着脚底下老头子一样的烟囱，飘飘然的浓烟，最后从天空烟消云散。

你是想做植物人一样的烟囱，还是游荡无着落的浓烟？

* * *

/ 我们不懂的不仅仅是诗意，很多事情和情感，已变成文物，我们丧失了考古的耐心与能耐。

/ 我们的时间是条单行线，蜿蜒的记忆正在被这个发型师拉直。

/ 很多事情变得不可理解、不可思议。

/ 但总有被一路向前的时间忽略的人，在时空隧道中穿梭。

* * *

/ 流逝之美。

/ “逝者如斯，不舍昼夜”。流逝即我们的永恒之美。

/ 疯狂的安托南·阿尔托不是说过：“真正的美，从来不是直接地使我们激动。夕阳之所以美是因为它使我们失去了许多东西。”

* * *

/ 爱恨。

/ 年幼时，看《少年维特之烦恼》，我特别共鸣维特失恋时的感受：“在我破碎的心中常有一个念头疯狂地纠缠不休——杀死你的丈夫！——杀死你！”他慨叹：“爱有多少，恨就有多少。”

/ 如今随阅历增加，我开始相信：恨有多少，爱就有多少。

/ 对那些良心未泯的知识分子来说，我正是从他们的恨意中，看见无限的挚爱。

灵魂的十字伤口

每一颗心灵就像是一支武器，被弹药般的欲望一直填塞到枪口。

——奥斯卡·王尔德

我是在伦敦放弃对上帝的信仰的。

——弗朗索瓦兹·萨冈

/ 全球气温在变暖，热血青年在变凉。

/ 拒绝崇高的一代，生下了彻头彻尾的侏儒一代。

/ 严肃不起来的时代，对待什么都嬉皮笑脸，漫不经心，不痛不痒。

/ 没有生命感，只有生活的杂碎。

/ 像稻草一般毫无价值。

/ 听者像讲述者一样无聊，像转述者一样无聊。

/ 我们爱无聊。

/ 感谢现在越来越不是一个鼓励精英文化的时期。

* * *

/ 我们的数码相机、手机、U 盘、移动硬盘……内存在不断地扩充，从 64M、128M 到 1G、2G 到 500G、1T……

/ 是人类的脑容量越来越不够用，还是人们真有如此多的内容要存放？

* * *

/ 泥人张。

/ 上帝就是泥人张，人类是泥人，是上帝的玩偶，在最初的时候。

/ 走出伊甸园，是人的开始，人因为有了“羞耻感”而离开，尽管道路蜿蜒曲折，但仍然义无反顾地上路了，且从无悔意。

/ 亚当和夏娃的子孙，艰难而幸福地挺立大地之上——“挺住意味着一切”。

* * *

/ 真正的荣誉，变得罕有。荣誉，总是信仰的高潮部分。勋章，像一张嘲讽的老脸。

/ 最不值钱的就是理想了，因为有理想的人太多了，因为理想太容易实现了，因为理想太现实了。

/ 理想的两个层面：首先是布鲁诺面对火刑，其次是布鲁诺对发现之真理的笃定。

* * *

/ 我渴望这样一种哲学，它可以摆放在沃尔玛或家乐福超市，它有大众支付得起的定价，它有各种不同的营养成分，它能立等可取地成为心灵和肉体的慰藉。

* * *

/ 病人。

/ 正常人是体制的适应者，而恰好是“病患”的“不适”，体验、感知着“疾之所在”，当他言说，且准确，那他不就是我们都热爱的“世纪病人”卡夫卡了吗？

/ 更多的人，努力去过“正常”的生活，至少佯装“正常”一些。

/ 在时代肿瘤的面前，我们成了一群讳疾忌医的人。或许，我们就是一个“正常人”而已。

* * *

/ 1900 年，奥斯卡 · 王尔德这位一生追寻唯美脚步、丝毫不顾忌社会流俗的爱尔兰人，病逝于法国巴黎的阿尔萨斯旅馆。

/ 他的墓地，按照其诗集《斯芬克斯》的意象，雕刻成一座小小的狮身人面像。

/ 上面除了印着来自世界各地少女、少妇的口红之印，还刻着他的名句：“我们都处在沟中，但其中一些人在仰望着天空中的星星。”

* * *

/ 上帝比我们需要他更需要我们。

/ 生活的电压是 220 伏，死亡的电压也是。

* * *

/ 在战俘营，维特根斯坦完成了《逻辑哲学》，在监狱中，罗素完成了《数学逻辑导论》，葛兰西完成了《狱中札记》，瞿秋白完成了《多余的话》，方志敏完成了《可爱的中国》，还有三大狱中书简——朋霍费尔《狱中书简》、哈维尔《狱中书简》，波爱修斯《哲学的慰藉》，还有我们伟大的萨德侯爵和他大半辈子的狱中写作时光……

/ 我把这些举例在一起，并不是为了证明“监狱是一个写作的天堂”。

/ 布罗茨基在临终随笔《狱中的作家》里总结：“从人们正常的生活现实的角度来看，监狱的确是一种彼岸生活，它也同样是被费解地、无情地构造出来的，就像任何关于死亡王国的神学传说，其中所充斥的也主要是灰色。”

/ 我把这些举例在一起，不过想要说明，即便在如此艰苦卓绝的环境中，人类依然保持着继续思考的尊严和人性的光辉。

空气里都是 ×× 的味道

重要的不是话语讲述的年代，而是讲述话语的年代。

——福柯

比起图像和声音，气味更能撩拨你的心弦。

——纳博科夫

/ 一次性生命。

/ 碗筷、杯具、拖鞋、牙刷、餐盒、手套、安全套、梳子、香皂、塑料袋、衣架、热水壶、雨衣、打火机……

/ 满世界的一次性。

* * *

/ “没有时间”。

/ 如今，什么都变快了，恋爱、交通、就餐、阅读……就连男孩女孩的第二性征，都来得越来越快了。

/ 毋庸讳言，这是一个要求“快速高效”的时代！

/ 但是，聪明的你，请告诉我，为什么我们却越来越没时间了呢？我们省出来的时间都去了哪儿呢？

* * *

/ 窗前的花卉，轻松地躲过季节的严寒，除去空调的发明与发挥作用，最根本的原因是它是一盆塑料花。

/ 当然，你注意到了，塑料花没有名字，它总是在模仿，模仿百合、玫瑰、牡丹、杜鹃、水仙、海棠、芍药、甘菊……

/ 塑料花，没有自己的名字。它总是在模仿真实之花。

/ 有一天，它，甚至，开始模仿起自己。

***

/ 从“+”到“T”，从“十字架”到“T 型台”，一个时代的巨大转变。

/ 往昔贵族的徽章，已不再有。

/ 取而代之的，是 Chanel、Prada、Dior 等一干奢侈品的 LOGO。

***

/ 在北极，所有方向都是南方。

/ 在绝对的北方，北方消失了；在主体的中心，主体会不会消失？

***

/ 从前，神在天上，如今，神在远处。

/ 我不知道具体从何时开始，上方的神，摇身变成远方的神。

/ 情感的方向从垂直的纵深，变成广袤的横铺。

/ 高高伫立在上方的神，像教堂的尖顶，让人们自感渺小，有一种被上帝俯视的孤独，而千里之外的神，却总在呼唤，用风写信，告诉你灵魂不在此时此地。

/ 追怀星空的人，百年孤独。渴望远方的人，因为无聊。

* * *

/ 不成功学。

/ 为普遍意义上的成功，人们需要借助太多的外物与外界的眼光。

/ 我们把一切物的系统看作一个人的“延伸”，实力与性格的外在表象与价值传达。

/ 麦克卢汉有句名言“媒介即人的延伸”，这套囊括衣食住行的物体系，即是当今最流行的传播成功的“媒介”。

/ 当然，它常被赋予另一层意义，这些外衣诸如：“情感价值”“文化认同”“历史记忆”“兴趣爱好”“圈子属性”“美学品味”“社会等级”“家族承继”……

/ 尤其中产，对这些符号性的标签更迷恋、更需要，真正在物质与悟性等方面得大自在、有大超越的人，反而把这些看得轻描淡写。

/ 哲人会说，在如今这个时代，最大的成功是按自己内心去生活。

/ 我想没什么错，问题的关键是我们的内心剩下的东西，还有多少具备恒久价值？短暂性的一面取代永恒性的一面，成为现代性独大的脸。

/ 我想写一本书，名字叫《不成功学》，来谈谈人们可以如何“不成功”，又能获得心灵的自足。

* * *

／空气里都是三聚氰胺的味道。

／清晨的空气就像新鲜的牛奶，我希望里面没有掺杂三聚氰胺。

／人们已经遗忘三聚氰胺了吧？这或许是件好事。中国人的善忘，我想也是一种适者生存式的文化基因遗传。

／我曾担心，三聚氰胺本身的危害，不及它的化学反应——成为思维的惯性——那样可怕：即从生产者的局部性欺骗，演变成消费者的整体心理失信。

／人们开始对这个时代的更多事物，产品或人品，普遍心怀这样的恐惧——是否含有三聚氰胺？

／终于盼到了“牛奶会有的”，人们又开始期盼“纯牛奶会有的”。

* * *

／经常有那么一些时刻，我觉着自己变成一个稻草人，空荡荡地在风中摇晃，哪里都去不了。

／我没有嘴巴可以说话，嘴里全是稻草；我不能走动，双腿充满稻草，只有稻草；我的臂膀是稻草，对世界的拥抱很无力；我的心里也是稻草，一团历史与生活的败絮。

／意识形态的麻雀，它们不怕我，一群群来啄食谷粒，其中一只还在我头顶，欢快地拉了一泡新鲜之屎。

* * *

/ 在我们的时代，“文学”“艺术”结合浓缩在一起，变成“文艺青年”，跟“波波族”“中产阶级”“小资”并列而坐。

/ “文艺腔”，大概是在说一个人“不成熟”，可人为什么要“成熟”？

/ “伪文艺”，指脚穿球鞋（回力、梅花、匡威），不爱穿正装（择业观），去酒吧听现场民谣，看杜拉斯、村上春树，尽量看欧洲的电影，黑框眼镜要戴（即使没镜片），经常聚会聊时尚话题（更像几本杂志在聊天），要热衷自拍后发到博客上，尽量去供应咖啡的地方翻书，要单身且晚婚……

/ 文学青年、艺术青年，是他们时代的故事。

/ 在我们这个时代，只有文艺青年。“文艺”，多了些娱乐色彩，少了些“使命感”；“文艺”如果变得大众化，就是“综艺”。

偶像的清晨

现代性意味着一个传统确定性的世界正在衰竭，正在被取代——如果我们幸运的话——亦即被合法允准的个人主义所取代。

——乌尔里希·贝克

牧师变成了仪式，律师变成了法典，机械师变成了机器，水手变成了船上的一根绳子。

——爱默生

/ 偶像的黄昏，手艺的黄昏，诗性的黄昏……华灯初上，人间好戏刚刚拉开序幕。

/ 夜生活的极大丰富，乃当代大不同于以往任何时代的独特之处。

/ 根源是电的普及应用？

/ 1893 年，为庆祝哥伦布发现新大陆 400 周年，芝加哥举办世博会，会场择址密歇根湖畔的沼泽空地，设计师们建造了约 150 幢宏伟大厦，举办过世博会的芝加哥成功跻身美国中心城市之列。

/ 与之前九届世博会最大的不同，芝加哥世博会完全采用人工照明，几十万盏彩灯装饰增添了浓厚的节日气氛。作为纪念建筑的电子宫更是史无前例地动用了 12 万盏灯泡，亮起来夜如白昼。

/ 在这届世博会上，电气化第一次照亮了包括当时很骄傲的欧洲人，曾经的日不落帝国委婉谢幕，美国成为崛起的新世界主人，并持续至今。

* * *

/ 慢与快。

/ 为到达某地，有人骑车，有人乘公交车，有人开私家车，有人坐飞机……

/ 诗人就是那些尽管徒步却声称或笃信自己将是第一个抵达的人。

/ 人类最终要到达哪里？

* * *

/ 支离破碎。

/ 一片片的，连不成一个意义；一片片的，全是意义。

* * *

/ 从前，有一个叫“现代”的人，他练“七伤拳”，把自己往死胡同里赶；

/ 后来，有一个叫“后现代”的人，他练“太极拳”，并从容地将自己取消。

* * *

/ 后现代与无。

/ 后现代的理论，我粗略翻过一些，隐隐约约，总觉着它并不陌生，倒不是非得强调中国发明某某比西方早一千年，我没有这种单一文明独大的虚荣心以及盲目的乐观精神。

/ 看过后现代的一些主要思想，我想到中国的一个思想概念——无，不是贵无崇有的无，那个无等于道，“无，名天地之始”。而是一种近于“混沌”的无，无中心的无。

* * *

/ 我是你的玫瑰，你是我的花。

/ 今天是情人节，是商家最开心的节日。

/ 其实，所有节日，商家都比消费者开心，因而，他们也就更热心，把广告做到我们家门口，服务到我们家门口。

/ 情人各成眷属，我没有预订什么玫瑰。但是，情人节是个好节日。因为，这个世界基本上都是有钱人的了。但情人节让金钱为情买单。

/ 今天情人节，不拿玫瑰都不好意思上街——商家阴谋得逞——就像没有钻戒都不好意思表白爱情一样。

/ 无论如何，我要说一句“活生生的玫瑰万岁”，枪炮一样的玫瑰。

* * *

/ 无一用。

/ 从未看过吴道子的真迹，有么？吴道子这个人，有么？

/ 但是，对于“画圣：_____”的填空题，我不会写错，而且知道他的代表作是《送子天王图》，而且知道一个成语叫“吴带当风”……

/ 但是，我知道这些干什么呢？

* * *

/ 人图腾。

/ 狼从山上下来，狼要吃鸡，狼威胁了人们的安危，人们同仇敌忾组织围捕狼，狼被抓住砍死，狼皮被拿到市场出售，山上没了狼，人们的安危得到了保障，老人不用再担心鸡被叼走，孩子可以大胆上街喊“狼来了”。

/ 我们的，这就是我们粗暴的人本主义。万物只是供人类吃喝玩乐的——包括装作怜悯关爱狼而把它们关进动物园。

/ 狼不到万不得已不会吃鸡更别说吃人，人不管需不需要都想猎取狼皮去市场卖掉。

/ 现代社会致力于最终把人全部关进动物园。

* * *

/ 物质是灵魂的寓所？

/ 豪华五星级酒店毕竟不是家，但有时候，人们想要的仅仅是一种家的感觉？

* * *

/ 在福柯看来，批判是一种“经过认真思考的不服从”。

/ 这是被我们忽略的温和的批判。

* * *

/ 睡广场。

/ 广场变成人民的卧室，喇叭里响着闺中密语，草丛边传来急促的喘息，一个老头边发安全套边宣传某医院专治艾滋病，警察和红绿灯在帮马路过行人，巨幅的广告牌就是时代温暖的被褥，广告中半裸的明星正是深夜梦遗的导火索，那个摸女人屁股的男人和那个咬男人耳朵的女人成 180 度坐在一张长椅上。

* * *

/ 邪恶的山羊。

/ 在西方的神话和寓言体系中，山羊常被当作淫邪的象征，老山羊就是老色鬼的代名词。

/ “邪恶的山羊”是我的概念设计，专为女性构想的一款时尚内裤，由山羊的倒三角脸以及两只山羊角组成，如果是性感内衣，就把山羊的嘴、鼻孔、眼睛处做成洞……

* * *

/ 破碎之圆。

/ 由内而外，破碎变成一种展示，在展示中，破碎者获得抚慰，在展示中，破碎生发新意义，在展示中，破碎成为象征的破碎——这个碎片化的时代。

/ 艾略特所说的空心人，在将一团败絮纷纷扬扬之后，拥有了时尚风格。

/ 拖拉机在后现代不再是拖拉机，驴子也不再是驴子，拖拉机可能是温床，驴子可能是新娘。

/ 破碎，由内而外，成为极具包装策略的橱窗。

/ 它就像美国休斯敦 BEST 公司的“最佳产品展销馆”，整个建筑似乎由渣土造成，远望去像一堆瓦砾，“简直像一颗炸弹掷中了一只鞋盒子”。残垣断壁的外表，正是它完整的内在。

***

/ 消逝的地平线。

/ 我坐在这里，21 世纪，21 楼的高度，透过适中的落地窗看出去，高楼林立的 CBD 像什么——积木，巨大的积木。城市像魔术，人们又爱又恨。是呵，魔力，让我们惊奇，却又无关道德与正义。

/ 现代性的两面：实体的城市与想象的乡村，轰隆隆的机器与静悄悄的手艺，在象征中持续。

/ 事实上，城市最繁华的商业地段、最昂贵的非生活必需品，正以某种方式向前工业的诗意致敬，当然，有人说这是“奢侈的阴谋”；而在偏僻的村庄，早已失去宁静与恬淡，有半数村民其实就散落在城市肮脏的角落，大地上的种植者，为更多一点粮食，在脚手架上四季忙碌。

/ 哪里不是人心浮动！人心像迎春花一样迎接着春天的来到。

/ 有人觉着，挣很多钱，是保持人格不分裂的好办法，某种程度上，他们的确在低级趣味上，实现了形神结合——吃喝玩乐的共产主义初级阶段。

/ 不是人格分裂，是没人格。从窗口望去，有一刻，我差点相信，这人间，正是琼楼玉宇。

/ 开会的人还在开，今年讨论的新问题是不是伪问题？今年不讨论的问题是不是就是已解决的问题？问题意识也迈进了刻意创新的时代。是谁出的题这么的难，到处都是正确答案……

某种叫“青年”的文艺

存在是艺术家最大的骄傲。除了存在他不渴望别的天堂，而当人们向他说起现实之时他反报以苦笑，因为他知道艺术的现实更无限地令人信服。

——曼德尔斯塔姆

领先 20 世纪一次根本性的人类学革命：汽车倒后镜的发明。汽车时代的人，对存在于他背后的世界感到放心，因为他拥有一只可以回望的眼睛。

——卡尔维诺

/ 费里尼讲过类似的话，对他而言，称一位艺术家具有“边缘性”，恰是界定他的最好方式。

/ 因为艺术家与现实对话的位置必然是偏居一隅的，由此才能被他看到的事物深深吸引，同时又有偏居一隅所带来的疏离感。

/ ……我们都是偏居一隅的人。

* * *

/ 批判性，未必非得表面上就弥漫着火药味，那等同“武器的批判”的变体。

/ 批判性，更是骨子里的彻底冰凉，它渴求寻找世界的温度。

/ 它对人们司空见惯、视而不见、不易觉察的弊病，有着更敏锐的嗅觉和抽象能力。

/ 它不仅是站在弱势群体的一边那么简单，多少人混迹并利用弱势一方达成不可告人的阴谋。

* * *

/ 杜尚的小便池是艺术作品，乾隆的夜壶是古董收藏品，邻居家的马桶就是拉撒的容器。

/ 与日常用品相比较，艺术品的边界在何处？

/ 或许，艺术是一种对人类与生俱来的实用主义、功能主义的解放，它带来纯粹的惊奇。

* * *

/ 艺术作品在当代，越来越与它所处的场域（氛围）不可分割，融为一体。

/ 环境，甚至观看者，以及他们的反应（肢体和情绪），都成为作品的一部分。

* * *

/ 艺术与政治相反，它一向偏爱无政府状态的乌托邦。

/ 艺术是历史最大的嘲弄者，因为它的“不现实”。

* * *

/ 复制拯救了普通人对艺术的热爱，粉碎了权力者的品位垄断。

／ 赝品，像已不在的星辰，仍照耀着人们。

* * *

／ 文学道路别无他途，注定是条孤独的个人之路。

／ 有一个生动的例证：诺贝尔奖，物理、化学、生理医学、经济学等，包括和平奖，多人共同获奖早就屡见不鲜，但文学奖却从来都是一个人在战斗。

／ 科学，探求“确定性”，寻找可证实的“规律”，供人类更为清醒地认知自我、拓展自我。

／ 文学和艺术，却像伟大的润滑剂与兴奋剂，提升人类爱的能力，以及对未来的热情、对过去的记忆。

* * *

／ 弹簧。

／ 当受到挤压（一定范围）越大，它弹出去的力量就越大。

／ 官方都在策略性地营造一种“民间”倾向了，古语所谓：“亲民”。

／ 于是，那些自诩的真正“民间”，忽然找不到“敌对方”，失去了对立面，谈论“民间”变得有些可笑，像堂吉诃德向着转动的风车杀奔而去。

* * *

／ 自我欣赏是一种社会生产力。

* * *

／ 艺术家的人格，甚至比作品本身，更有持久魅力。

/ 比如，毕加索和他的胆小怕事、风流韵事。

/ 作为立体派绘画另一开创人的胡安·格里斯，从作品到人格，都更伟大。

/ 我们对他自然就知之甚少，远不及一辈子对他说三道四而他却敬重有加的毕加索。

/ 或许，艺术如戏，毕加索也只是在表演，因为深知什么才是人们关心的重点、热点、兴奋点。

* * *

/ 艺术身份互换游戏。

/ 通过变换服装，实现职业与身份的变换。在戏里如是，在生活中亦如此。

/ 有一种行为艺术，不就是与屠夫、农民、医生、钢铁工人、捡破烂的、精神病人、知识分子、小姐、演员、白领、厨师、门卫等各色人等互换服装吗？但他真的就变成屠夫、农民、医生、钢铁工人、捡破烂的、精神病人、知识分子、小姐、演员、白领、厨师、门卫了吗？

/ 艺术家要做的第一件事，就是挣脱各种身份与服装，真正成为自由的化身，或者一味通往自由的药剂。

/ 如杜尚所说："作为药物，艺术对许多人有用，很有镇静作用，但是作为一种宗教，它甚至不如上帝那样好。"接着他补充道："我不相信艺术，我相信艺术家。"

* * *

/ 革命在今天，有了一个新名字——创新，创新思维正是革命思维世俗化、产业化、普及化、商业化的结果——不错的结果。革命思维在艺术领域依然是最高纲领，《达达宣言》没过时：

“我摧毁智力的抽屉和社会组织的抽屉，使道德普遍沉沦，把手从天堂投向地狱，把眼睛从地狱转向天堂，在个人的幻想和现实的强力中重造一个综合马戏团的耐力车轮。”

* * *

/ 艺术女神。

/ 西方有九位缪斯，司艺术，史诗、雕塑、绘画、悲剧等。

/ 退一步，艺术家会有一位或几位实体的艺术女神，达利把加拉看作自己的缪斯，罗丹把克洛岱儿看作自己的缪斯，连凡·高也有一位妓女。

/ 在崇尚女子无才便是德的中国，有没有类似的艺术女神？洛神？巫山神女？山鬼？记忆中搜寻不到。

/ 或许是古代文人习惯自比受伤的女人，所以不需要吧。

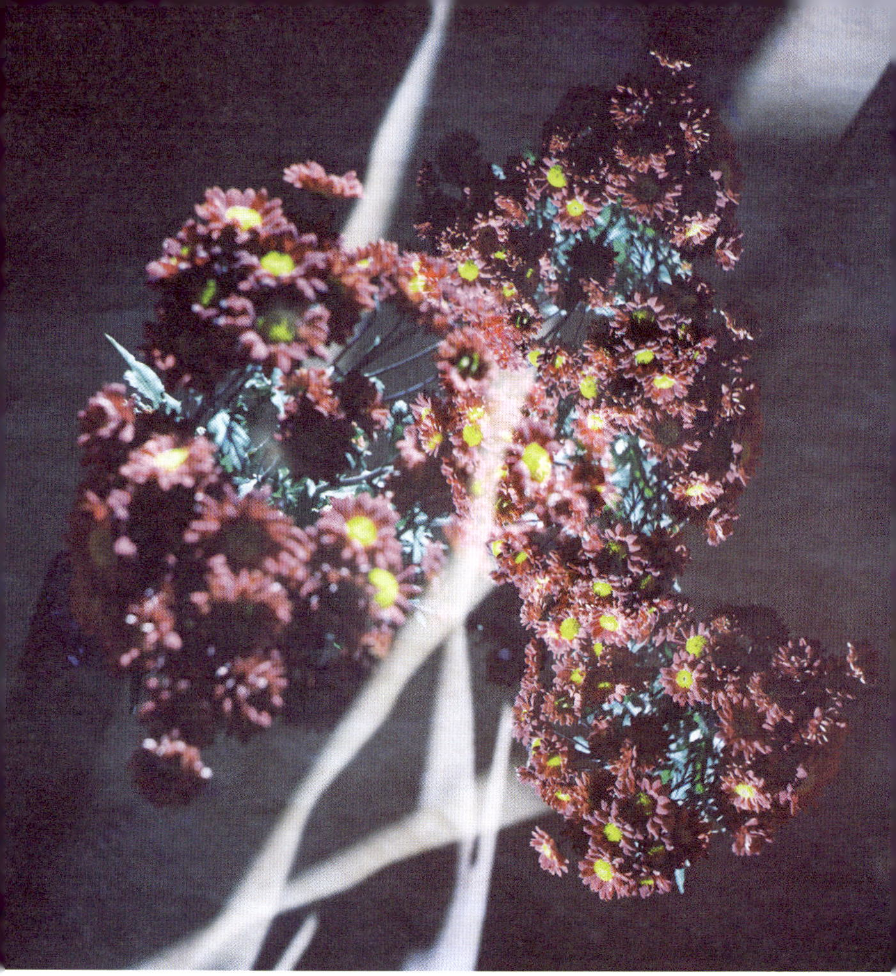

破碎支离的传统

传统是一个拥有更广泛意义的事物。它不可能通过继承权而得到，如果你想得到它，就必须付出巨大的努力。

——艾略特

古老的大师们/做工，但无姓名/他们的签名/是圣母纤白的手指。

——赫伯特

/ 大小传统。

/ 文化人类学的概念，王元化说过："所谓大传统就是精英文化，高层文化；小传统指的是大众文化，通俗文化，低层文化。"

/ 如今再强调这种高低之分，已不合时宜。

/ 实际上，大众文化已是主流文化，精英文化在市场的一个角落里苟延残喘，所谓"天朝上国"不是夜郎自大式的自慰，就是坐井观天式的无知。

***

/ 一只变成羊的鼠。

/ 不知道中国有没有米老鼠这么可爱的老鼠形象，倒是一句

“老鼠过街，人人喊打”妇孺皆知。

/ 在古老的《诗经》中，有四五次写及老鼠，但无一例外都是“反面形象”。在诗里，老鼠作为权力机器的喻体，被当作控诉、痛斥的对象。

/《硕鼠》:“硕鼠硕鼠，无食我黍！三岁贯女，莫我肯顾。”这是农民的控诉；

/《行露》:“谁谓鼠无牙？何以穿我墉？”这是对强行拆迁的控诉；

/《斑鼠》:“斑鼠斑鼠，无批吾好！税赋宦汝，莫吾肯德。”这是上班族的控诉；

/《相鼠》:“相鼠有皮，人而无仪。人而无仪，不死何为！”这是对统治者的“祝福”；

/ 更不用说“贼头鼠脑”、“鼠目寸光”等诸多成语，只是委屈了这长得不可爱的老鼠，成了一部分人的替罪羊。

/ 忽然记起来，村上春树的小说《鼠三部曲》，其中一部叫《寻羊冒险记》，当时非常困惑，既然写“鼠”，为何“寻羊”呢？如此就了然了。

***

/ 名字缩写。

/ 我们都知道《金瓶梅》这个书名的由来是用了三个女主角名字的合称，就像 S.H.E。潘金莲、李瓶儿、庞春梅，场次最多，孟玉楼等则是配角了。其实大家都是配角，在这本以交配为亮点的长篇小说中。红学专家说过，把交配拿掉，《金瓶梅》就是一部早一百六七十年的《红楼梦》。

* * *

/ 墨攻 = 墨守。

/ 墨子的防守术彼时第一，由他守城池几乎攻不可破，是谓“墨守”；

/ 如你所知，在中国，最难攻破的城池即“陈规”。

* * *

/ 受惊的受精卵。

/ 绘画、雕塑、建筑和音乐可以被所有看得见或听得到的人欣赏。而语言，尤其是诗歌语言，却是另一码事。诗似乎是在将人们彼此隔离而非团聚。（艾略特诺贝尔受奖词）

/ 刚才，我先是错把“受奖词”打成了“授奖词”。发钱的跟领奖的，当然马虎不得，不能本末倒置、反客为主了。

/ 我们的古人爱讲：授受不亲（是这四个字么？）。

/ 古人怎么老爱弄三从四德、五讲四美这破玩意，还是我们误解了古人？不能因为是古人就觉得人家古板，就像不是所有新衣服都是新款。

/ 授受不亲是说男女之事吧。不孝有三，牌坊最大。授受之事在中国是大事，关系到帽子的颜色是否环保，必须青红皂白砂锅到底。

/ 忽然想起，受精是不是别字，应写成“授精”，但“受精卵”就没错。

***

/ 情寿。

/ 薛宝钗有一件首饰，上面刻着八个字："莫失莫忘，仙寿恒昌。"我的一个少年时代的女友，把"莫失莫忘"这半句，拿来做了网上的昵称。

/ 古人云："树犹如此，人何以堪？"

/ 莫失莫忘，太像一句对初恋的叮嘱，因为太美好，就怕失去，像初恋一样失去，一个初字，仿佛注定无法恒久，莫忘已宣告失去。

/ 莫失莫忘，徒增伤感，不会让人仙寿恒昌，只会让人"情深不寿"。

/ 所以，我的意思是，不如在这宝玉上刻："莫失莫忘，情深不寿"或"相忘江湖，仙寿恒昌"。

***

河边有个什么县呀——清河县。

我们密切地关注他的奔跑，就像观看一长串镜头的闪回。

我们是守口如瓶的茶肆，我们是来不及将结局告知他的观众；

他的奔跑有一种断了头的激情。

——朱朱《清河县·郓哥快跑》

/ 中国有无数个"清河"，但"清河县"只有一个，作为山东人我这样想，但事实并非如此，河北邢台就有一个"清河县"，而且不是重名那么简单，这个“清河县”:“作为打虎英雄武松的故乡，这片大地上积淀了浓厚的历史文化底蕴，”并被国家授予“中国武松文化之乡”称号。

/ 类似的名人地理争夺战，在全国纷闹频出、硝烟弥漫，像注册商标一样，各地在抢注名人故里的符号，这就是不少官方人士对“文化产业”最表象的行为与理解。

/ 我才不关心哪个是真“清河县”，或许亦真亦假。还是来看一段《金瓶梅》吧:“话说大宋徽宗皇帝政和年间，山东省东平府清河县中，有一个风流子弟，生得状貌魁梧，性情潇洒，饶有几贯家资，年纪二十六七。这人复姓西门，单讳一个庆字。他父亲西门达，原走川广贩药材，就在这清河县前开着一个大大的生药铺。现住着门面五间到底七进的房子。家中呼奴使婢，骡马成群，虽算不得十分富贵，却也是清河县中一个殷实的人家。”

* * *

/ 人们只知晓蒙娜丽莎那“神秘的微笑”，

/ 人们从不关心这位佛罗伦萨皮货商的妻子，做模特时正经历着丧子之痛，心情并不愉悦。

* * *

/ 苦行僧。没有苦行僧。

/ 唐僧十八年走完的取经路，红军行程二万五千里的长征路，麦哲伦历时三年的环球航行……

/ 如今的人们，只需跟一个小旅行团，十天就全部走完了。

现实主义在打鼾

假如我们无能为力，一味地迁就万物，世上就不可能有任何思想产生。

——西蒙娜·薇依

我梦想有这样的知识分子：他们反对普遍性的原则；他们在今日的迟惰和约束中寻找和标出薄弱环节、力量作用的路线和出口。

——福柯

/ 真相。

/ 经过筛选的一些真相，编织成一张巨大而不可见的网。

/ 有时候，我们是网上的一个梭子，收紧了网；

/ 有时候，我们是网中的一只鱼虾，被网收紧。

***

/ 什么等于什么。

/ 不拍照就等于没去过一个地方，不报道就等于一件事从未发生，发布一条新闻不等于真的发生过什么。

***

/ 身边的霸权。

/ 区别于赤裸裸的暴力机器，霸权常常改头换面，温文尔雅、循序渐进、不知不觉、润物无声、迂回曲折……

/ 或许，它就在一册精心编选的语文课本里，就在一条看似无关痛痒的新闻报道中。

* * *

/ 现实，不是写实。

/ 现实总是一种时空的交互，他不仅取决于被注视/观看的一端，更决定于注视/观看的一端。

/ 看的方式引向看到的结果。

/ 主观难免，是的。主观部分恰恰是能看见什么样的、多大层面的现实的最大因素。

/ 有的人看见月亮里的六便士，有的人看见美女嫦娥，有的人看见吴刚在失恋，有的人看见白兔捣药好辛苦……

/ 怎么看是关键。为什么有的人眼里常含满泪水？为什么有的人前俯后仰笑出了眼屎？

* * *

/ 看法——这个字眼要分开看，它并不就指某个结果或观点。

/ 它告诉人们，首先要看，要有好奇心，去注意、观察、思索；其次，“看”是有“法”的，什么法？方法。

/ 就是我说的“怎么看”。

/ 指鹿为马是“睁着眼睛说瞎话”的结果；狐假虎威是“侧

目”“余光”在作怪；坐井观天以为天小者是视域的缘故。

* * *

/ 和平变得无所谓，人们一本正经地在广场上摆弄起几只鸽子。

/ 局部战争变得无所谓，它到一条新闻报道为止。

/ 战争仿佛不再是真实流血，而仅仅是电视上的一个镜头，甚至不比一部好莱坞战争大片的真实感更强、更激动人心。

/ 真实变得无所谓，人们只需要一种真实感。

* * *

/ “敌人一天天烂下去，我们一天天好起来。”——贺敬之

/ 美梦醒来，忽然发现：我们已经烂到了脖子根了，敌人们正逍遥且快活。

* * *

/ 什么能证明什么？

/ 铺天盖地都是办假证的小广告，公交站牌边、电线杆上、公共厕所、宾馆网吧、大街小巷……随处可见。

/ 毕业证、学历证、六级证、身份证、房产证、军官证、记者证、职称证、驾驶证、营业证、电工证、厨师证、暂住证、结婚证、离婚证、单身证、出生证、死亡证……从出生到求学到就业到死亡——一站式大包办。

/ 真是一个以假乱真的年代。

* * *

/ 坐在人满为患、汗臭熏天的大巴上，一辆拉生猪的卡车，飞

速而过。

/ 几十头猪，拥挤在一起，它们也来到高速公路上，为了更快一些抵达屠宰场？

/ 猪傻呵呵地以为去旅游呢！

＊＊＊

/ 彭斯的年代，他写“我的爱人是一朵红红的玫瑰”，便可博得一个牧羊少女的芳心；

/ 时至如今，必须得用 99 朵真实的玫瑰，如果，外加一颗钻戒，效果更佳。

/ 寓意都变得实用。

＊＊＊

/ 推磨的时候，我们用布把驴子的眼睛蒙上，不是担心它会头晕，而是让它自以为不停地往前行进。

/ 有时候，我像一头倔驴而不自知，走了十万八千里，只是在画一个圈。

＊＊＊

/ 黄河，她穿越时空的奔流，早已超出地理意义的河流，谁不想去看一看这“另一位母亲”呢。

/ 有一年，我在离黄河不远的地方读书，借来一辆自行车，骑 20 分钟就来到黄河边……

/ 面前的黄河，支离破碎，真正一副面黄肌瘦的模样，让人一时语塞，惶然失措。

/ 回头想来终于明白：被历史教育了二十年之久的印象黄河，怎么可能花 20 分钟便能抵达呢？

＊＊＊

/ 村子里那些有故事的老人，相继去世了。

/ 最近才变老的老人，脑袋里只有电视机播过的新闻。

＊＊＊

/ 很少注意一棵树。

/ 我每天从此路过，也算熟人吧。有时踩着它脱掉的落叶，有时它用一阵清风跟我打招呼，而我总是急匆匆赶路，像旁边那个烤红薯的人，我一概视而不见。

/ 早晨，我又经过这里，因为要修地铁，树被砍了，光秃秃的，只留一片空地，让我第一次意识到这里应该有一棵树才对。

＊＊＊

/ 现实主义在打鼾。

/ 现象不是现实，现象是现实的表象。多数鼓吹现实主义者，不过是在现象的花园里漫步、迷路、沉醉、回忆……新闻报道不是现实，那不过是历史的一堆笑料、意识形态的滑稽中间物；超现实主义无关现实，它是现象的梦境。

/ 什么是现实？卡夫卡有句话说得很好，“让我们站定，用双脚插入意见、偏见、流言、欺骗和幻想的淤泥烂浆，插入覆盖地表的这些冲积物，直到触及坚硬的石块底层。对此，我们称之为现实”。

/ 为通往现实，需要“保持完全的安静和孤独”，然后，“世界将会在你面前蜕去外壳，它不会别的，它将飘飘然地在你面前扭动”。有人说现实主义早已死掉，我怎么觉着它还远未到来，远未全部到来。

* * *

/ 燕山雪花大如席。

/ 雪后清晨，漫步运河之畔，近处的汽车像一群冬眠的小动物，将来的世界真实的野兽会越来越少，最终陪伴人类的就是它们：“宝马”、“悍马”、“黑豹”、“蓝鸟”、“路虎”……远处的高楼大厦和厂房烟囱，标志着城市的外在与内在、源头和诗意。这个清晨，被一场据说是人工降下的大雪全面覆盖。自然好像正在丧失先天的生育能力，自然也需要人工授精？这是自然还是人类的悲剧？

/ 雪后清晨，雪白的世界，工业的白烟在幽幽上升，我想起家乡那些日常的炊烟，它们细小而轻微，它们不声张不执著，总是很快就烟消云散，它们有着兰波和特拉克尔热爱的“蓝色”，它们是落后时代的烟与象征，而我走在工业之烟中已无法自拔；我想起家乡成片的烟叶和低矮的烤烟炉，它们是上等香烟的原材料，收购价格低廉仅供活口和肥料（人工成本都不算），进厂加一个过滤嘴之后，20 支香烟的价格要高于 20 斤烟叶。

/ 很多时候，我弄不太明白“人类劳动”如何定价，卡尔·马克思先生最懂了，你也懂的，就我不懂，像黑天不懂昼的白。千金散尽还复来，李白写一首诗，价值几何？雪后清晨，外面都白了，为何念叨起李白？燕山雪花大如席，让我们躺在其中一片之上好吗？从天空最顶层开始，等落到污浊的地面，我们正好做完了一次爱……我为何想象这些，因为一场人工降雪？在更真实的漫天大雪中，在更遥远的北方以北，曼德尔斯塔姆写了一首诗：

《轻烟在寒冷的空气中消融》

轻烟在寒冷的空气中消融，
而我，为悲伤的自由而苦恼，
多么希望在寒冷、安静的颂歌中成名。
永远消失……可是，在这黄昏时分，
我注定要走在布满积雪的大街——
可以听见狗的吠叫，西天尚未消逝，
迎面遇见无数过路人，
不要和我说话——我如何回答你？

道德脸谱

一个道德主义者说话像天使。至少在波兰，我们——可能有几分天真——习以为常这样认为。但是在法国，道德主义者却是说他人坏话的作家。谁攻击得最为猛烈谁就是最好的道德家。

——扎加耶夫斯基

道德是狭窄的，如果你靠上去敲它。真正的道德，是那种构成一个人的骨架的东西。

——伊利亚斯·卡内蒂

道德——我们把道德和贞操当成是一回事——是对我们的肉体所说的谎言。

——马尔科姆·考利

/ 秦时明月汉时关。

/ 没看过《秦桧传》，不了解这位“罪人”的一生，“莫须有”三个字把他打入了历史的耻辱柱，如果说耶稣是被钉死在加号上，那秦桧一定是被钉进一个大大的乘号——适合五马分尸。

/ 岳武穆名垂青史，秦桧遗臭万年，我觉着应该拉上那位裁判——宋某宗，他才是罪魁祸首吧，秦桧再多不就是个进谏者吗？

/ 中国人惯于将王朝的兴衰嫁祸于女人和小人，君王高高在上，忠臣山高水长，唯女人与小人可落井下石也。妲己如是，秦桧如斯，“溥天之下，莫非王土”，秦桧有天大的罪恶也大不过天子，像后来只说“四人帮”（一个女人三个小人）。

/ 抛开这些为君王的忠奸不论，状元出身的秦桧（照我们的逻辑，他这个状元有可能是作弊得来的）也算大才子，他给我们留下了至少有两样还不错的东西：

/ 一是油条，“油炸烩” ——把秦桧夫妇拧成麻花状炸着吃以泄民愤（我怀疑民众是否有那么高觉悟，想想袁崇焕是怎么死的）；

/ 再就是宋体字。真奇怪，字体不都是以创始人的姓氏命名的吗？像柳体、颜体。再说，老打败仗的宋王朝难道比秦桧光荣多少吗？别说，宋朝爱吃败仗是因为秦桧。个人觉着可能是因为金庸笔下的郭靖之流没把降龙十八掌眼保健操一样普及大宋民众的缘故吧。

***

/ 一个人的前朝旧事。

/ 公元 1651 年，清顺治八年，入关后的满族人对儒学还算尊崇有加，或许他们分析借鉴过蒙古人统治短暂的失败案例。

/ 这一年，大学问家顾炎武专程来孝陵拜谒，这里安葬着明开国皇帝朱元璋和他的马皇后。

/ 这位大半生颠沛流离、漂泊无依、丧失精神家园的明朝遗民，在《谒孝陵》中写道："旧识中官及老僧，相看多怪往来曾。问君何事三千里，春谒长陵秋孝陵。"

/ 到 1682 年去世，顾炎武每隔一两年就不顾路途千里迢迢来这里长长地跪拜。他跪向的仅仅是大明或汉人的王朝吗？还是儒家的某种理想？

/ 在顾炎武去世后两年，康熙南巡到达金陵，驾出朝阳门至孝陵，刚进而立之年的爱新觉罗·玄烨，虔诚地行三跪九叩大礼，对汉学更是喜爱至极。

/ 对顾炎武来说，反清复明或许只是个形式，重要的是他内心的一股浩然之气，否则，我们就不太好理解王国维及梁漱溟的父亲梁巨川为何殉清，他们殉的或许是一个时代，或许是那一颗知识分子的心。

* * *

/ 摘录两则关于知识分子的故事：

1. 明末，周栎园《栎园书影》：

"昔有鹦鹉飞集陀山，乃山中大火，鹦鹉遥见，入水濡羽，飞而洒之。天神言：尔虽有志意，何足云哉？对曰：常侨居是山，不忍见耳！天神嘉感，即为灭火。"

2. 西汉，韩婴《韩诗外传》：

齐庄公出猎，有一虫举，足将搏其轮。问其御曰："此何虫也？"对曰："此所谓螳螂者也。其为虫也，知进不知却，不量力而轻敌。"

庄公曰："此为人而，必为天下勇武矣。"回车而避之。

/ 势薄——奋勇——明君，中国式知识分子（士）的三位一体。

* * *

/ 道明会神父圣多玛斯 · 阿奎纳，在 13 世纪，列出了人类的七宗罪：傲慢、妒忌、暴怒、懒惰、贪婪、贪食及色欲。

/ 每一项都是双刃剑。是生产力，更是深渊。

傲慢，戒之在骄，负重罚之。

——傲慢的人，像西西弗斯，低头背石上山，日复一日。

嫉妒，戒之在妒，缝眼罚之。

——嫉妒的人，心胸狭窄，无法接纳新世界，终如目盲。

暴怒，戒之在怒，黑烟罚之。

——暴怒的人，让整个房间都降低了温度，夹杂着口臭。

懒惰，戒之在惰，奔跑罚之。

——懒惰的人，比如我吧，当我谈跑步时，我谈些什么。

贪婪，戒之在贪，伏卧罚之。

——贪婪的人，当他说只是来做俯卧撑的，你们相信吗？

饕餮，戒之在馋，饥饿罚之。

——暴食的人，前辈子是饿死鬼，这辈子吃好了是蔡澜。

淫欲，戒之在色，火焰罚之。

——淫欲的人，欲火攻心，玩火自焚，干柴烈火中涅槃。

* * *

/ 少数服从多数。

/ 人人那个都说哎沂蒙山好、人人都说山西好风光……人人都说是一种无形的压力，人人都说了，铁定是事实。道德压力让位于权威。而且，情绪化的胁迫比理性的说服总是更容易感染带动人们的互动和参与。

/ “人人都说”，很多时候，比“子曰”更管用，仅次于特定时期的“皇帝诏曰”。

/ 当然，如此多的“人人都说”，集中到一起，你就会发现，其实都是一种圈子性叫好，一种地域性的自恋。

* * *

/ 旧时军阀比张宗昌恶劣的不胜其数，为何独独张的名声最差，“段子”最多？

/ 因为，他杀了“文化人”，如一代报人邵飘萍。

/ 历史证明：词语的杀伤力，不但最深刻（刻毒？），同样也最持久。

* * *

/ 鲁迅太刻毒，有人说。因为他深谙中国传统文化积重难返的病疾。

/ 阅读鲁迅，自然不是图骂庸众的一时之快，背后凉飕飕的正是自己——被传统文化浸淫太久的那部分自己。

* * *

/ “玫瑰十字会给我们建议的纪律很好，但如果人们没有足够的经历，必然难以长久坚持：烟、酒、性关系、享乐、电影院、小酒馆……放弃它们很容易，但时隔不久人就会再度沉迷于其中。”

/ 让人想起“五四”时期，蔡元培先生创导“进德会”，并确立“八条戒律”：

甲种会员：不嫖娼、不赌博、不纳妾；

乙种会员：于前三戒以外，加不当官、不做议员二戒；

丙种会员：于前五戒以外，加不吸烟、不酗酒、不伤活物（一说不吃肉）三戒。

/《新青年》同人，绝大多数加入了此会，至少是前一二种会员。他们是封建礼教的破坏者，更是现代文明的践行者。

***

/ 在遥远偏僻的山村，我受人之托捎回一张“世界地图”，他高兴地挂在墙上，生怕尖锐的钉子触痛了世界的一角。

/ 他一脸兴奋，像矮个子拿破仑，爬到著名的阿尔卑斯山之巅。

/ 而我的世界地图，早在多年前的一次“着急”中，被当作手纸用掉了。我的体会是：用世界地图擦屁股，很不舒服，远不如××日报。

***

/ 暴风雪偏爱南方。

/ 高速公路上拥堵着十几公里长的车辆，各种牌子的车，在自然面前平等，往日洋溢着主人的骄傲，现在都气急败坏、无可奈何地耷拉着脸。

/ 车内装着各怀心事的男女，车已停在这里一上午了，一点能动弹的意思都没有。

/ 男人扭头看见旁边的车，熟悉的脸庞，正是他的情人，一个他藏在小说里的女人、不想让妻子知道的人，此刻就在他旁边，她也看见了他，但很快回过头去，好像在和开车的人聊天。

/ 车子故意一般纹丝不动，八九个小时过去了，他俩隔着两道玻璃窗。

/ 有时，他故意哈一口气，再用食指一点点擦出她的侧面。旁边的妻子轻微喘息，她睡着有一会儿了。世界在这一刻达到和谐。

/ 然而，在道德家眼中，和谐的社会应该如此：一个人时自慰，两个人时相互手淫。

* * *

/ 非黑非白。

/ 从古老的《诗经》年代，国人就开始投身美白运动，所谓："手如柔荑，肤如凝脂，领如蝤蛴，齿如瓠犀；螓首蛾眉。"对女人皮肤提出要像白乎乎的猪大油（凝脂）的"审美标准"。即使男人，如果长得帅点亦有被当成"小白脸"的风险。美白，美白，以白为美，一白遮百丑。

/ 白，或许是纯洁的象征吧，正如黑是罪与罚的隐喻。从八卦到围棋，从黑夜到地狱，人类曾沉浸在漫长的黑白对立的二元世界中。

/ 以正义之名，一种肤色的人敌视甚至屠杀另一种，肤色成为种族之争、文化之战的导火线和催化剂。

/ 后现代的学者主张取消单一的两极思维模式，鼓吹多元，不走极端，有点像“中庸”（太多人把自己的“庸”当作“中”，而完全误解了这个词的丰厚与前瞻），其实，更准确的类似概念，应该是“无”。

/ 诗人、剧作家安托南·阿尔托讲得好：如果我们认为黑人身上有气味的话，那么，我们应该知道，对于一切非欧洲人来说却是我们白人身上有气味，甚至可以说，我们有一种白人气味，甚至可以说，有一种“白人病”。

* * *

/ 举头望明月。

/ 走过一座哥特式教堂的时候，我抬了一下头，尖尖的尖顶，仿若尖锐的嘲讽，上帝怎么可能在如此的立锥之地上存在？高耸入云的假象，如同一个年代的大跃进。可是，除了在休息日，坐下来，跪下来，我们能干什么？

/ 极具吟咏与魅惑性的圣乐，偶或能抚慰我们困顿于奔波之苦的心灵。阿门，主已别我们而去，到了另一个星球，主的光只是亿万年前星的影，它早已不再。

/ 或许，有着死去的星光在闪烁，对于几十年的旅程已足够。

/ 反正我们已习惯在暗夜中抚摸，我们不需要更多的照耀了。甚至，甚至我们该退回黑暗之巢，点燃蜡烛，观察火焰如何泪流满面，而非霓虹的色彩斑斓。

/ 我的脖子有点微疼，仰视一个东西太久，难免会头重脚轻。

* * *

/ 禁忌是当今唯一的禁忌。

/ 是的，一个无所禁忌、毫无禁区的时代。

/ 所有神秘屏障都被拆除了，像拆掉一片破旧的老四合院，取而代之的是一座大型商场。

/ 玻璃幕墙取代木格子窗，泛黄的老故事让位于透明的欲望号街车。

/ 在 14 世纪以前，甚至在 15 到 19 世纪，神话、迷信、野蛮、奇异、不发达的文明、宗教、古怪的地方特色……如今都消失了——这些迷宫一般的生活氛围与场景，使我倾向于相信有一个《聊斋志异》描写的瑰丽时代，人们的生活像小说。

"为了放荡一下，得真爱才行；为了违反一般的风俗，必须做出巨大的牺牲。"——夏多布里昂

/ 现在好了，你可以爱谁谁，没有什么是神圣不可侵犯的，除了国家主权；

/ 你可以反对一切，甚至都能找到相关爱好者团体，反普通话、反李宇春、反奢侈、反腐败、反看电视、反艺术人生、反环境污染、反地沟油、反拖欠工资、反牛仔裤、反可口可乐、反高房价、反孔子、反宠物、反反宠物……

/ 一个随便反的时代，其实也是一个失去了确切的反对对象的时代。

/ 无物之阵，又无所不被物包围。

/ 享受着超文明的果实，我忽然开始怀念落后的日子。

迷宫制造者

我的语言的尽头是我的世界的尽头。

——维特根斯坦

它们往往是名词，有时也是形容词或动词，其中每一个都指涉着一种完全的永恒的实际上是独立自足的意义：爱、激情、伤痛、欺骗、优雅、急躁。

——罗兰·巴特

/ 词语（语言）世界的变化很细微，或许存在着剧烈的布朗运动（悬浮微粒永不停息地做无规则运动的现象叫作布朗运动），但表面看却如一面平湖，波澜不惊。

/ 相反，呈现词语的媒介，每次变化都是巨大的飞跃，并深刻影响着人们。

/ 诸如，造纸术、印刷术、互联网……

* * *

/ “多识虫鱼草木之名”。

/ 清晨在潮白河边散步，突然发现：一片片的草，不认识；一只只的鸟，不认识。

/ 花苔草木，虫鱼鸟兽，有人给它们命名过，而我不知晓它们的名字，真让人羞愧。

/ 谁能一一说出万物的名字，他就能证明上帝的存在。

/ 只有上帝，知晓万物之名，而那代命名之人，真是天使。

* * *

/ “词语”，我们习惯了说“词语”。

/ “词”(首先是字)的出现，让“语”变得直观而具体。

/ 但毫无疑问，人们在写“字词”之前，早已掌握了“语”。

/ 按出场的顺序，我们该说“语词”。

* * *

/ 语言的歧义性与它的表义性同时存在……顾此失彼、模棱两可、言不及义。

/ 语言常让人们倍感无奈，找不到一个准确的词语来表述一种情感、状态、行为、思绪……

/ 我有一副热心肠，我想表达人世的温暖和人性的光辉，但人们看见的却是一副尖刻的冷面孔——也好。

* * *

/ 人们对专业术语的厌恶由来已久。

/ 专业术语分两种：一种像医生开药方，看不清字形，自然不解其意；

/ 一种是故意编码复杂化。比如，天气预报讲“西北地区东南部中部偏北地区”，多么专业多么冠冕的描述，其实，是说宁夏一带。

/ 同样，说“左炔诺孕酮片”，没几个人知道是毓婷。等弄明白，卵子和精子估计都结合完毕了。

* * *

/ 有一次，我路过一个地方，旁边指示牌上写着这个地方叫“畲岙屯”，我像被当头一棒，晕晕乎乎，不知来到一个什么地方。

* * *

/ 嚣喧与喧嚣。

/ 据上古时期的《山海经》记载，嚣是一种神鸟，“梁渠之山有鸟焉，其状如夸父，四翼、一目、犬尾，名曰嚣，其音如鹊”。

/ 嚣，这鸟长得也真够奇怪。

/ 首先大轮廓像夸父，为了找日，他变成一个善奔跑的人，是刘翔那个行业的祖师爷；其次，它有四只翅膀，一个眼睛，一条狗尾巴。

/ 喧嚣是不是说这种鸟叫呢，它开始应该写作“嚣喧”，就是嚣鸟的喧闹叫唤，但日积月累，就像把会唱歌的叫“百灵”一样，它以喧闹的特性，就被叫成“喧嚣”了——喧闹之鸟。

* * *

/ 词的怀旧。

/ 每天都有成群结队的动物灭绝，更有无数的手艺从这世界上消逝，像回不去的童年，很多儿时的玩具再也不见踪影。而童年本身，即如波兹曼所讲，亦成为《消逝的童年》。

/ 我怀念一些日渐消亡的词语，或者说，它们在如今已失去能指。

/ 更新的词汇，火星一样泡沫一般的词汇层出不穷，被使用被遗弃，被使用得莫名其妙，被遗弃得恍如隔世。

/ 或许你也一样，正在怀念“少女”一词。从童年即开始的过度包装，直接扼杀了一个女人的“少女阶段”，从幼女直接成为女人，在形体与社会期待意义上的女人。

/ 看看舞台上与你的周边，除了还没有丰乳肥臀，小女孩的着装或可称作“性感”，五岁的女孩唱着关于恋爱或失恋的歌曲，毫无羞涩地扭着倔强的小屁股，舞蹈动作也充满着性挑逗意味，她可能并不懂这些，她只是在被塑造。

/ 对女人来说，第二性征变得无关紧要，除了不断提前的初潮在证明着“少女阶段”的日渐消失。如波伏娃所说：“女人并非天生是女人，她们是被社会塑造成女人。”

猎艳与艳遇

世界渴望爱情：你来让它平静。

——兰波

伟大的灵魂，并不是爱得最频繁的灵魂。我以为，它应当是爱得强烈的灵魂。

——帕斯卡尔

/ 潘金莲的爱情观。

/ 在古代，女人是被剥夺选择权的，对于爱情和婚姻。

/ 所以，貌美如潘金莲者，只能嫁给卖炊饼的小个体户武大（暴发户都不是！），这武大状如侏儒，奇丑无比。

/ 谁都能看得出他们的结合，完全是牛粪上面插鲜花，如果你是潘金莲的邻居，也会觉得此女命苦，就像坐公交车时看见漂亮女子，会想她为什么不找个开私家车的男人，这或许要遭女权者白眼，却乃人之常情。

/ 当功夫高强的帅哥武二出现，潘金莲怎么能不抱怨命运在对自己开玩笑？同一父母造的人，差别为何就那么大呢！造化弄人！潘金莲真动心了，怎么能不动心呢？

/ 当潘金莲把丰盛的酒菜收拾妥当，兄弟俩往那一坐，武二飒爽英姿威武不屈，再看武大，加上头顶高高的发髻才到桌沿……爱情当然不分高矮胖瘦年龄性别，但潘金莲跟武大哪有爱情可言呢？

/ 武大就是一根道德的耻辱柱，丑陋不堪又自以为天经地义。

/ 暴发户西门大官人庆，却有生意有相貌，有房产有马车，又有一颗不停追逐爱情的心，简直比武大强十万八千倍。如果你是潘金莲，会嫁给谁呢？如果你是丈母娘，会选择谁做女婿呢？如此一来，武大或许不会死于非命，潘金莲也能过上她想要的幸福的夫妻生活。

***

/ 世界越来越不适合野合，春秋时期就方便一些。

/ 《史记》载："叔梁纥与颜氏女野合而生孔子。"连至圣先师都诞生于一次意外的野合，不仅说明其时民风之淳朴，毫无道德包袱，更证明圣人总有胜人之处。

/ 《史记》另载："（孔子）生而首上圩顶，故名曰丘云。"如你所不知，孔丘这名字可以说正是日本人起名的源头，诸如井上、松下、山岗……就连思想的小包袱，日本至今仍由女人背负着。

/ 我记得几次野合的经历，在学校山顶，在公园里，在河边树林中……我曾隐晦地写在某一首诗中，"天边一朵云，爬过灯塔小栅栏，在密林中遭遇醒来的大灰熊"，但这也太"春秋笔法"了，我不说，你们永远不知道。

* * *

/《云上的日子》中，讲过一个男孩爱上了一个即将成为修女的女孩的故事。

/“爱上你会怎样？”

/“就像在明亮的房间里点燃蜡烛。”

/ 如今，去哪里，才能找到一个值得一爱的修女？

* * *

/ 结婚是社会行为，同性恋也是。

/ 独身则是一种个人爱好。

/ 做爱是社会行为，自慰是个人行为，如果不用他人之手的话。

* * *

/“我能与你一起共同进步吗？”

/ 以前的人们这样求爱。多单纯 ，多向上呀。以前的人们，都不好意思说“我爱你”，而是信誓旦旦：“我们一起革命吧！”

/ 然后，在一个伸手不见五指的晚上，他们偷偷摸摸地度过一个浪漫的革命之夜。

* * *

/ 演员们最会表演的就是爱情戏了。

/ 又是恋爱故事。又是少女爱大叔。又是一见钟情。又是闷骚男得绝症。又是伤害之爱。又是信息失衡的生离死别。又是难免在一起。又是恋爱故事。

/ 多开发几款恋爱游戏吧，供更多的人躲避残酷现实。

/ 庸碌的日常生活，多么渴望虚构。爱情，亦是虚构一场，更遑论情爱。

* * *

/ 爱情进化论。

/ 钻石和玫瑰，成为今天的爱情的一部分。绝对不可分割，否则要人命。

* * *

/ 态度，产生温度。冰冷的，如你的邻居，擦肩而过；炽热的，如远方情人，意外到访。

* * *

/ 捉奸在床：一种不道德的行为（奸），更是一种不道德的思想（捉）。

/ 从“三妻四妾”到“一夫一妻”，尤其潜意识 / 观念层面，是不是需要一个历史的过程？如何过渡？

* * *

/ 安徒生，不仅有一颗永恒的童真之心，他还保持着一生的童贞之身。

/ 他不是没有需求，在日记里，经常有一些加十字状的标记——表示他手淫过了。

* * *

/ 云朵，你也只是云朵。

/ 我深陷在大地上的腿脚，过不了云上的日子。

/ 你也只是飘过的云朵，在一个下午，把我淋成了记忆的落汤鸡。

* * *

/ 猎艳与艳遇。

/ 与其称为猎艳（主动出击的捕猎者），毋宁说是艳遇（垂钓者的莫名邂逅），表述更准确一些。

/ 一个垂钓者，坐在河边的大堤上，一根鱼竿伸出去，线条如一缕阳光照在水面，

/ 细钩上的饵——危险的诱惑——在不可见的下方，与河边的人，一同等候，

/ 游来游去的鱼，她们哪一条会上钩？取决于她，也取决于饵，取决于她和饵的双重互动关系。

/ 一个捕猎者，在灯红酒绿的城市森林，揣着猎枪，四处寻找那些有意无意跑出来的小野兽。

/ 像一只穿上西装的大灰狼，发出一声“嘿嘿”冷笑，在娇滴滴的小红帽必经的道旁，事先摆好了丰盛的“鸿门宴”；在出门前，可爱的小红帽们，特意抹了新近上市的口红，还喷了香水。

* * *

“……至于那个吻，我早已忘记，
但是那朵在空中飘浮的云，
我却依然记得，永不会忘记，
它很白，在很高的空中移动。

那些李树可能还在开花，
那个女人可能生了第七个孩子，
然而那朵云，只出现了几分钟，
当我抬头，它已不知去向。……”

/ 布莱希特这首《回忆玛丽安》，深情回忆了一次恋爱，恋人（为何记得名字？）早已面容模糊，唯故事发生的背景，看似微不足道的事物——一棵树、一朵云……却随流年似水，更为清晰。

/ 或许每个人都有相似的经历。

/ 我记得 18 岁的时候，与一个女孩，在她家废弃的院子里，第一次拥抱还亲了脸颊，

/ 彼时的慌乱与心跳，已凭风远逝，但那冬日的天空却挥之不去——出奇的蓝，

/ 还有墙角一棵梧桐，光秃秃落光了叶片，枝丫上一只麻雀，叽叽喳喳地欢叫，没完没了。

* * *

/ 爱情，或许是个文化命题，是一种习得。

/ 从小时起，人们就被灌输各种爱情模式，甚至常以动物寓言作为范本，潜移默化地形成爱情观（价值观的一种）。

/ 她美好、激情、崇高、动人心魄，她像永不过时的壮丽史诗。

/ 再长大一点，人们又自己从书籍、影视、生活中接触更多的爱情样板，大家各有一套：琼瑶式的哭哭啼啼、铁达尼号式的

生死攸关、林黛玉式的柏拉图式、西厢记式的偷偷摸摸，有悲有喜，让人忍不住想去“模仿”。

/ 如果我们生来是一只鸡，会对爱情抱什么看法？

* * *

/ 我从这儿路过，又看见公交站牌旁边蓝色的铁质长椅。

/ 有一年，我们坐在那儿，看着车一辆辆来去，固执地一直等到末班……每次相见，都把我们推得更遥远。

/ 我记得你第一次偷偷跑来北京，一大早把我从梦中叫醒，却让梦变成真，我喜欢你是一个魔术师。

/“那你，喜不喜欢看我把身上的衣服变没？”

* * *

/ 在你和恋爱、相爱的人之间，有没有一个专属的名字，只有两人知晓的“达·芬奇密码”？

/ 多年前，我看鲁迅先生与许广平女士的《两地书》，

/ 在这些不似情书的信件中，鲁迅在结尾的落款却可爱至极，他把自己画成一只不停变换造型的小象。

* * *

/ 爱情，是个幌子。

/ 爱情所依赖的神圣基础——身体——早已变成一座倒塌的废墟。在广告形象中，不会有真正的高雅与粗俗之分，定位细分的炮制掩饰不了内在的贫乏，最终的衡量只是产品价码的区分。

* * *

／ 我记得一首爱情诗，台湾诗人纪弦《你的名字》："用了世上最轻最轻的声音 / 轻轻地唤你的名字，每夜每夜 / 写你的名字 / 画你的名字 / 而梦见的是你的发光的名字……"

／ 那会儿我喜欢念这样的诗句，有助幻想或意淫一些美好的故事。

／ 在一本封皮缺失的《斯大林文选》的内页，我写过一个女孩的名字，她叫"星"，十年过去，还时常在脑海的天空闪烁。

／ 如今，我几乎不看爱情诗了，纪弦诗尾那一连七个"轻"字，总让我想起琼瑶。

／ 有时，我甚至变得粗鲁。

＊＊＊

／ 一个失恋的人。

／ 我一头扑倒在床上，反复思量，终于打定主意：从今往后，再也不想占有对方，一点也不。（罗兰·巴特《恋人絮语》）

＊＊＊

／ 恋人絮语。

／ 罗兰·巴特用一册《恋人絮语》，将"恋爱"里里外外全扒光了，一丝不挂，毫无遮拦，因而，"恋爱"变得了无生趣，就像美好的身体，在生物学家的显微镜下只是一些零碎的器官，在物理学家的望远镜下就是小星球一样的分子组合。

／ 就像立体主义的画作，不再让我们感觉到美，它给我们的是另一种东西，或者说就是感觉：不解、温暖、恶心、激动、厌倦、荷尔蒙上升、寒冷、无所谓、惘然无措、担心、看风景、好玩……但就是不美。这就是现当代艺术，不是你缺少发现，就是没有美——不以美为目标。

/ 看透恋爱的本质和细枝末节，对恋爱无助，甚至杀死了她，就像知道月球坑坑洼洼的表面并不能增加月亮之美。看透恋爱，或许能缓解恋爱结束的悲伤，月上无嫦娥，人们会自己叫醒自己。而动人的恋爱总是说不透，或不说透，有不可名状的记忆，如曼德尔斯塔姆下面这首诗：

《从半明半暗的大厅》

从半明半暗的大厅，突然，
你悄悄地滑进轻薄的披巾——

我们谁都不打扰，
我们也不惊醒沉睡的仆人……

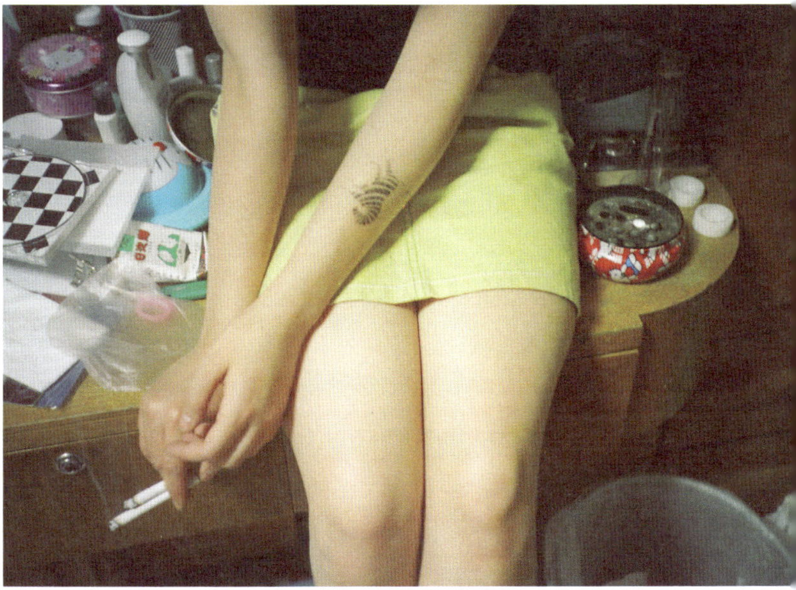

我们如此热爱女明星

我好像也已经成了偶像了。

——鲁迅《两地书》

观众对昙花一现的东西依然着迷，而且这种着迷要超过偶像们的生命旅程。

——齐格蒙特·鲍曼

有人以福柯为偶像，有人以福克纳为偶像；

有人以卡尔·马克思为偶像，有人以卡尔·拉格菲尔德为偶像；

有人以杜尚为偶像，有人以杜月笙为偶像；

有人以周树人为偶像，有人以周杰伦为偶像；

有人以耶稣为偶像，有人以自己的父亲为偶像……

/ 世界万千变化，偶像千差万别，用过即弃的偶像是阶段性的小上帝。

/ 明星，成为当代人的生活导师。

/ 而不再是神秘的巫师，不再是优雅的娼妓，更不再是小说家和诗人。

/ 明星，代言着人间方方面面的美好，尤其是物质美好。

***

/ 我们如此热爱女明星。

/ 作家科塔萨尔老年时在巴黎的街头，遇见年轻时喜爱的偶像演员格伦达，他激动地说："仍像 40 年前一样，我高兴得发抖，仿佛在热恋中。"

***

/ 消费拟象。

/ 明星代言的逻辑——"辛迪·克劳馥的选择"：

/ 如果人们做出同样的选择，便能像辛迪·克劳馥一样美丽性感。因而，戴一块劳力士吧。

/ 理性的批评家会讲："你无法长出一颗美人痣"，但大众不管这一套，他们宁愿听美好的祝愿。

/ 平庸琐碎的日常生活，仅剩下对明星的想象与向往。

***

/"大头贴"的出现，让"每个人都可以当一刻钟的明星"成为现实。

/ 因方便，而普遍。

/ 普遍性是波普艺术的灵魂。普遍性让复制拥有了艺术的意义。普遍性是世俗快乐的源泉。

***

/ 一个女明星，正努力展示她的"内在美"：

/ 为表示有文化，她用助理的名字订阅了一年《读者》；为表示仁爱，她出售了一次共进晚餐的机会……总之，她很努力。

/ 其实，人们津津乐道的还是她的外表和绯闻。

* * *

/ 周杰伦为什么不能成为年轻人的偶像？

/ 周杰伦已经是年轻人的偶像。

/ 偶像是人们主动选择的那个不能实现的“自我”。

/ 人类最擅长的就是对“自我”的不断放弃。

* * *

/ 从簇拥的人群中，我走到一个摇滚女歌手面前，她戴着大大的墨镜，遮住了长发飞扬的日子。

/ 我记得，她上一张专辑名字叫《花开不败》，那些她往事里的青春，早已成为风中的传奇。她不再青春，已成“那时花开”。但青春本身还将继续，不顾时光流转。

/ 我递上新专辑让她签名，她说：谢谢；我说：谢谢。我还想多看她一眼，但被身后的人群挤开了，又被挤进另一群人中。

* * *

/ 在场感。

/ 我无法理解台下疯狂雀跃的人们，像印第安人转着圈舞蹈，满头大汗淋漓，口中喊着震天响的“牛 ×”。

/ 我曾试图加入进去，但因担心眼镜跌落而终放弃。

/ 台上的歌手，继续挑逗着迷醉的人群，我习惯站在一边的角落，安静地听。

/ “没有这样听摇滚的。”

/ 或许，我其实是在看摇滚。看唱摇滚的人，看摇滚乐迷，看他们千奇百怪的服饰和文身，看女歌迷的脸和身材，看摇滚创意市集，看摇滚歌曲的歌词……

/ 我做过的最疯狂的事情：有一次，我冲上舞台，拥抱了摇滚歌手。在台上，发现他比我还矮。有人说，他根本不摇滚，他叫许巍。

***

/ 万众瞩目造就明星。

/ 决定明星的唯一标准是公众关注度，而非特殊的技艺、专业的权威、勇敢的魅力、传奇的人生，这些顶多算附加值。

***

/ “身份焦虑”，作为一种普遍性的心理症候，出现在消费时代，或者大众文化时代。

/ 先前的共同体，被急遽力量的工业化进程打破了持续数千年的宁静。

/ 科学技术的发展，大型交通工具的发明，流水线产品复制，民主社会的崛起，劳作日益细化的分工，信息流通的便捷，多媒体文化的变幻……所有这些在带给人类文明的福利硕果的同时，销毁了往日的天然共同体，使其四分五裂，破碎的主体再也不能给予人们曾经的向心力。

/ 消费时代的人们，只好寻求新的安慰与归位。

/ 偶像明星，在这时候，像一把救命稻草，被大众抓在手里，成为天然共同体的代替品。但很快大众就发现，稻草毕竟不是铁板一块，稻草很脆弱，经不起长久的期待和信赖。所以，他必须不停地需求新稻草，久而久之，在艾略特看来，他们自己最后也变成空心稻草人。

／ 偶像明星作为天然共同体的模拟，被齐格蒙特·鲍曼称之为“美学共同体”和“钉子共同体”，他说：“无论它们关注的焦点是什么，美学共同体的共同特征是它们的参与者之间联系的草率、敷衍以及短暂。这种联系是脆弱的，短命的。”“与传统的共同体相比，它的追随者之间缺少一张道德责任网的编织”，是一种“没有结果的联系”。

* * *

／ 从口感到感觉。

／ 如今香烟广告应该是明令禁止的，并不是不能做，但都很含蓄，“鹤舞白沙，我心飞翔”、“弹指间，尽显将军本色”，毋宁说它们想描述一种抽烟的心理感觉或身份象征。

／ 我有一些民国时期的月份牌，除了那个时代的大明星周璇、白杨，还有香烟广告，记得有一个“使馆”牌香烟，它的广告是这样：“烟丝金黄，精美绝伦，香味和润，芬芳适口。”

* * *

／“虚空”着的人们，当忽然面对各个方面的偶像纷纷降临，有着强烈亲近的必然性。因为，这个时代的偶像（明星），已经代替往昔蒙昧时期的神灵和专制时期的权威。唯一的不同是：新的神灵拥有一个活生生的很快将死去的肉体。

／ 这是现实，很悲惨，也很快乐。

博物馆之夜

孤独而沉思的漫游者，从普遍的一致中汲取独特的迷醉。

——波德莱尔

你仔细想想，百货商店就是一个博物馆。将来有一天，商业艺术就是真正的艺术。

——安迪·沃霍尔

/ 画廊、博物馆、影院、咖啡馆……这个标题如果写下去，就没完没了。

/ 一言以蔽之，我要说的是城市的公共空间。

/ 本雅明在《单向街》中，对这些“出租的空间”做出过描述：“好像那些房子盖起来不是为了住，而是要为漫步者提供一个石砌的舞台。”

/ 画廊、博物馆、影院、咖啡馆……是的，城市的舞台。

* * *

/ City。

/ 有一天，突发奇想，拆散了城市这个单词，C—I—T—Y，

/ I 和 Y，代表我和你，城市中的居住者，CT，克拉的缩写，它揭

示了城市文明物质的一面。

/ 我们生活的这个珠光宝气的地方，就是城市。

* * *

/ 我怀疑那些自称已走遍世界的人，只因为去过几个国家旅游？

/ 像康德或卡夫卡这样，从未产生过旅行欲望也从未旅行，一生只待在出生城市从未远足的人，与四处旅游的人有何不同？

/ 其实，我要说的是，熟悉一座你居住的城市已相当困难，我们多年漫步其中，依旧迷失其中，依旧有频繁的新发现，依旧存在数不清的未知。

/ 如果你是一部手机的话，从信号强弱来判定，这座城市有太多地方“不在服务区”。

* * *

/ 当灯光亮起，一场电影谢幕。

/ 于是，人们站起身，打声哈欠，伸下懒腰，独自或结伴，小声地议论着，重新回到街道，仿佛从另一个世界来到现实世界，有种恍如隔世之感，但转瞬即逝。很快地，人们又投身现实的奔流，开始了毫无戏剧性的日常生活。

/ 电影院是一处奇妙所在。

/ 在这里，我们跟随剧中情节，聚精会神，从头看到尾，或哭，或笑，或忘情，多么奇怪的感官之旅。

/ 阅读小说时偶尔也会出神，但丝毫不影响我们边阅读边思索，但电影院却把我们置身于整场的出神之中。

/ 坐在黑暗中，我们目视前方，瞳孔放大，即使吃爆米花也是机械地抓过来塞进嘴里，黑暗中，只有银幕是光亮的——视觉的绝对中心。

/ 前后左右的共同观影者，我熟视无睹，置若罔闻，像根本不存在，整场电影中，我发现从未注意过那些观众，而每一位都是如此。

/ 虽然几十上百的人挨着坐在一起，但没有人意识到他人的存在。

/ 多像一个人的电影院。即使在家里，都无法像这样持续地不分散注意力。

/ 情侣在电影院，可以交头接耳、耳鬓厮磨、缠绵悱恻，私底下偶尔小心翼翼地搞小动作。

/ 如果说在公园里恋人们还需有所顾忌的话，在电影院他们反而更自由随意，像放大了的个体，并未将电影院当作纯粹的公共场合。

/ 因为黑暗，还是因为人们都凝视着银幕？

/ 电影院就是这样一处奇妙的荡漾着私人情绪的公共空间。

* * *

/ 公共空间为城市中的人们提供着日常生活的戏剧性。

/ 在画廊，我遇见最多的是观光客，来这个城市旅游的人。

/ 在博物馆也一样。

/ 观光客，哦，我就是其中一个。

/ 抛开慕名来此一游的外地观光客，我们是第二种：经常性光顾者——居住在这个城市的非职业艺术家群体。

/ 当然，这些艺术爱好者中不乏潜在的艺术家和泛艺术领域的人们，诸如，无名艺术家、美院学生、设计师、广告人、媒体人、艺术经纪人、收藏家、奢侈品代理人，等等。

/ 艺术家本人，反而很少出现在画廊，除非赶上他或朋友的画展开幕酒会。

* * *

/ 在我印象中，咖啡馆是白天的，阳光总透着些许萎靡和慵懒，人们介于正装与休闲装之间。

/ 都说咖啡有提神的功效，确实，在咖啡馆，仿佛人的肾上腺激素分泌量都降低了，一种无所事事的清醒状态。

/ 闲情逸致，海阔天空，神马浮云，无论独酌无论相亲，抑或形影两三人，均可。

/ 要乱性，还得酒吧。酒吧是夜晚的，四处弥漫着荷尔蒙气息，酒吧，很少出现老人。一部分奇装异服的年轻人，一部分失意或得意的成年人，大家在这里寻找快意。

/ 如果说去咖啡馆为了会朋友，那在酒吧里则是爱上陌生人，人们来这里就是为了放松——以一种匿名状态和隐身名义，相互交换身体的秘密。

* * *

/ 酒吧提供了一种默契氛围，生活在一夫一妻制时代的人们，多少找回了某些逝去年代的光晕，通过彼此乐意的合法途径。

/ 我们在酒吧认识的。

/ 她是一个临床经验特别丰富的女孩，是的，她是一个牙科诊所的护士。

/ 都说落魄的凤凰不如鸡，而她就像梧桐树上的凤凰，而且是百鸟朝凤里的那一只。

* * *

/ 就餐的革命。

/ 体验经济的时代，服务和环境变成首位，山珍海味退居二线，人们要更多地为“体验”买单。

/ 其实，拿吃饭来讲，说白了，就是从过去单纯的“味觉体验”，丰富到了味、听、嗅、触、视等“五感体验”，甚至第六感吧。

/ 银泰中心顶楼的餐厅，算是一种“视觉”体验吧，坐在窗边的桌位，雄壮的“大裤衩”，看下去像一件小饰品。

* * *

/ 国家博物馆正在举办著名奢侈品宝格丽的展览。

/ 尽管需要单独买票，却依旧人头攒动，熙熙攘攘，人们不停拍照，不时发出惊叹，驻足流连以至忘返。多少女人梦想拥有其中一款，多少男人为不能送女人一款而暗生羞愧，更多人像欣赏艺术品一样品鉴着宝格丽做工考究的珠宝首饰。

/ 在一次谈到对宝格丽的喜爱时，伊丽莎白 · 泰勒说：“我唯一懂得的意大利语是 Bvlgari。”它们的设计历史有百余年，很多人对这些商品不以为然，通过它们能看出什么呢？或许是一种文化与文明的传统，再看看我们身边四分五裂、皮之不存的“传统”，即使从技艺的精湛来说，对我们粗制滥造的山寨物品，难道不会有些许思考？

／ 宝格丽旁边正在展出非洲文化的展厅，参观者稀稀拉拉，门可罗雀，人们对非洲文化的兴趣像非洲本身一样遥远。

／ 相关媒体从对国家博物馆作用的反思角度报道了此事，以一种治病救人的一贯高姿态，打出了这样的标题——“LV 走了，宝格丽来了：国家博物馆应该展什么？”对此，安迪·沃霍尔在几十年前，就给出了自己见解不同的响亮答案：“我常常光顾宝格丽精品店，因为它是最重要的当代艺术博物馆。”

* * *

／ 我记得以前看过的在故宫展出的卡地亚、在 798 艺术区展出的迪奥、在中国美术馆展出的香奈儿，经过精心策划与包装的物之回廊，予人艺术般的享受，它们已越来越被看成“艺术”，与此同时，“艺术”正在放低高贵姿态，与日常生活之物的界限日益模糊，传统艺术品的收藏高价，也不过成为拍卖行里的商业游戏。“艺术”不再被当作“高不可攀”的奢侈品，从欣赏的角度，慢慢取代了艺术品。

* * *

／ 博物馆之夜。

/ 有一次，我们滞留在博物馆，蓄意留守？

/ 流水般的游客悉数散尽，博物馆的工作人员也已下班回家，外面天黑暗下来，透过硕大的玻璃墙，博物馆外渐次亮起街灯和霓虹，熙来攘往的人群，丝毫不少于白天。

/ 博物馆里只有几处洗手间闪着内灯，我们之前就是在这待得太久，错过了出门的时间。

/ 现在，博物馆里只剩下历史、艺术、我们，刚飘过脑际的一丝忧虑云消雾散，兴奋占据了头脑，我们决定度过一个博物馆之夜，在历史与艺术的“停尸间”，留下我们活人的见证。

* * *

/ 偷香水的人。

/ 从某种角度，我们甚至不能说他是一个小偷。但他确实偷走了香水，不是整瓶，是一部分香味。

/ 在他的公寓楼旁边有一座大型商场，一层是珠宝首饰、腕表、化妆品专柜，他经常光顾这里，从摆放香水的柜台或货架上取一款，古龙，或香奈儿，偷偷地喷一点在衬衣领处、手腕和笔记本上：

/ 他，从没有被发现，也从未拿走整瓶香水，有时候，他就是在售货员的眼皮子底下，以试用之名，悄悄偷用香水，这让他迷醉。

/ 一个偷香水的人，此刻走在大街上，街角传来一个女人的歌声——《香水有毒》：“你身上有她的香水味，是我鼻子犯的罪……”

/ 或许，他身上的香水味并不是从其他女人那儿带来的，因为，他是一个偷香水的人。

* * *

/ 流动的晚宴。

/ 诗人不如小说家，在对物的关注这一点上，诗人生怕离现实太近，他们把房间也称作灵魂的容器，人在其中诗意地栖居，小说家不能如此高蹈，像巴尔扎克、普鲁斯特，虽然一个偏现实主义，一个偏意识流，但无不对物的细节投去了最深沉的凝视。

/ 如果要从文学中觉察一个时代的细微变化，一定首先在小说中，诗歌倾向于关注那永恒不变的秘密。

/ 普鲁斯特在《追忆逝水流年》中，记录了一场上流晚宴，参加者有医生、雕塑家、收藏家，还有公爵、俄国贵妇和王妃。照例，人们首先讨论一些宴会话题。

/ 某位夫人讲述了脖子上的黑珍珠项链，是如何经过一次房屋失火之后由白珍珠变成黑珍珠的；王妃的趣事则是无法辨别两种植物的差异，像人们不知道韭菜和麦苗的区别；贵族以无知为荣，因其养尊处优无需知晓世间诸事，电影《茜茜公主》里有类似镜头，公主不知道买卖东西，因为她从来不需要钱。

/ 他不厌其烦地用大段笔墨，一种“艺术高超的喋喋不休”，观察晚宴的餐碟：

/“盘子中有雍正时代的瓷盘，盘的边缘呈金黄色，盘体为青色，盘边如鼓起的花瓣，像黄蝴蝶花，盘底为装饰画，画的是翠鸟和鹤在晨曦中飞翔，那晨曦的色彩，和我每天早晨醒来时在蒙莫朗西大街上隐约看到的完全一样；有萨克森瓷盘，风格优雅但比较娇弱，盘上变成紫色的玫瑰呈沉睡状态，毫无生气，有缺刻的边缘为郁金香般的紫红色，犹如石竹或勿忘草那样的洛可可风格；还有塞夫勒瓷盘，盘的边缘是精美的格状饰纹，凹槽为白色，突齿为金色，或者在奶油色的底色上优雅地系上一条凸出的金带；最后是一套银餐具，上面散布着卢夫西恩的香桃木，迪巴里夫人一眼就可以辨认出来。而同样罕见的，也许还有盘中佳肴的质量，这是一顿精心烹调的饭菜，做得十分讲究，可以毫无愧色地说，巴黎人在最盛大的晚宴中也从未品尝过这种菜肴。”

如果你爱上一家书店

我开门第一件事就是去书店——随便哪一家书店，我总是充满一种静静的兴奋。

——布兹比

我就是想开一家书店——可是，那个小镇并不需要一家书店……

——佩内洛普·菲茨杰拉德

/ 有一本书就叫《如果你爱上一家书店》，内地译作《书店的灯光》，听着像关于书店装修的书，实则不然。在我这门外汉看来，何不译为《黄卷青灯》？的确，作为一个爱书的人，极容易顺便爱上书店，像女孩子喜欢逛服装店，未必就买，逛书店本身便是极其惬意的事情。

/ 逛书店是为高潮欢愉的性爱，买书则更像解决生殖与后代问题。

* * *

/ 我最熟悉的场所是大大小小的书店，近年来，书店不例外地越来越像个性十足的书房，更具情趣，而私密的书房逐渐成为主人的社交场。

/ 无论怎样的书店，都是爱书人的福祉。

/ 书店铭刻着旅人崇高的乡愁，是搅拌着乡愁塑造的空间，是流放者守望的旅程。

/ 有书店，人群中孤独的漂泊者，心灵将不再无处安放。

* * *

/ 上帝，他可以不存在，只要有书店就好。

/ 感谢书，感谢书店，它们是宇宙中这颗孤独的蓝色星球上，少数人心底永恒的故乡。

/ 这些人，理想而天真，仿佛人类长不大的“童心”，同时又伟大又富激情，犹如人类文化的“秉烛者”。

/ 正是抱着分享孤独的初衷，我们在人山人海中，迎面相遇，我们在一家书店相遇，各自相安无事，继而擦肩而过，最终踏出书店之门，再次淹没于人山人海中。

/ 或许，我们从未记得彼此，却都记住了那家书店，和那家书店的时光。

* * *

/ 在书店，光阴老去，诗意剧增，鼻子一酸，都是大把的故事。

/ 在书店，远离一点“实在与物质”，心存一点“轻与慢”，就像罗兰·巴特《法兰西学院文学符号学讲座》中讲的一个词“Sapientia”所描绘的：“毫无权势，一些知识，一些智慧，以及尽可能多的趣味。”

* * *

/ 某日，在书店，看见帕慕克的书《*Istanbul*》(《伊斯坦布尔》)，这个词天生的氛围让我倍感亲切。

/ 在书末，帕氏讲自己如何走上文学之路：竟然始于同母亲的争吵，每次争执完，他窜出房门，消失在夜色中，四处逛荡在伊斯坦布尔的街巷，这让他看见了一座不同的城市。

/ 有一次，拌嘴又开始了，母亲反复说当画家多么不易，她说：“你看，柯布西耶，想学画画，却念了建筑系。”她苦口婆心劝说帕慕克读完建筑系。

/ 但迫不及待的帕慕克吓了她一大跳，“我不是想当画家”，他说，“我要当作家”。

* * *

/ 我所有美好的想象，都来自于书和爱情。

/ 人生在世，逝若惊鸿，渴望拥有的“物”太多。在精神领域，有书和爱情，便已足够。

/ 现实情况是——书商炒作了大众的阅读口味，金钱常决定爱情的品相。

* * *

/ 经常有这种情况，刚在某处——如一部电影中，一次闲聊中，一个橱窗中，或一本书的注解中，偶遇某本心仪的书，然后接下来，就会在某个地方遇见，真是“无巧不成书”。

* * *

/ 我对一个城市，总是陌生。我对城市的道路，跟公共汽车一样，就是固定的线路。除此之外，我不知道这个世界和这个城市，每天的白日梦和夜生活。

/ 这往复的来回，每站都是一个书店；有时，是一个姑娘。

* * *

/ 美好是个俗不可耐的词，但我们热爱俗不可耐、活色生香的人间事。

/ 现代人追寻的美好，多数很普通，普通到我们已将它们丢失。

/ 每本好书，都是时光之书。美好，总是过去时。因为，人对未来，总预期过高。

* * *

/ 每个人都有自己的“舞台”，在一次楼盘广告中，我曾说“家是最好的舞台”，因为在家里，无拘、无束，自然、自在。

/ 明知表演是假，但我们希望那是真的。因而，自然是表演的最高境界。

/ 我的舞台在书店和图书馆，在这里，我觉得自然，会忘记自己的存在。偶尔抬头，阳光从窗户斜洒下来，望不尽的书架，斑驳在阳光中，整个人会恍惚，而恍惚——是人类的另一种高潮。

* * *

/ 在书店和图书馆，会觉得自己是一个“发光体”。

/ 人家说，是金子，总会发光；我觉得，首先，是金子，总会花光；其次，发不发光，不完全取决于它是不是金子，而取决于置身何处。

／ 月亮身在太阳旁边，她就光亮明媚。

* * *

／ 那些黄昏，那些早晨，那些十月，那些冬天。

／ 我不在书店，就在图书馆，我在烟海一般的书中漫步，宛若穿梭于历史的隧道之中。去的路上，夹杂在芸芸众生中，下意识裹紧了灰外套。

／ 他们的表情有时让我恐惧，有时，我不害怕那迎面扑来的风的碎尸。

／ 全世界跑着面貌相仿的公交车，假如外星人看见，肯定倍感怪异，它们跑来跑去，不知所以，内部装满地球人。

* * *

／ 书摊跟书店不同——主要的不同，估计是书摊会动，书店只能坐以待售，大书店努力开分店，就是要摆脱不能动的束缚。

／ 书摊跟书店对我来说相同的是，我都喜欢逛。

／ 逛书店也是逛街的一种，逛街是现代人的宿命。但如果买书，书摊也是不错的选择。

／ 某日，一位上了年纪的老人，用他的旧自行车载来一纸箱，在路边铺一张装过化肥的尼龙袋，然后摆上几十本书（每本有“盖章”），一个书摊就此诞生。

／ 他开始卖书，就是在等着。

/ 我停下来，被粗糙、半透明的内页所吸引，掩饰住立刻据为己有的心跳，说“这书不值那么多钱”。

***

/ 夜深人静，孤独如书，温暖如书。

/ 没有体温的书，温暖着寒夜的失眠人，却无形中又平添了几许孤独。

/ 南京先锋书店借用特拉克尔的诗句做店铭——“大地上的异乡者”，人类命中注定的乡愁！一如，1500 年前就有人写下的：“人生天地间，忽如远行客。”

***

/ 我曾想象：一个垂垂老人（我自己？），摘下眼镜，慢慢地摩挲着一本书的封皮，如同回到遥远的年轻时代，抚摸着姑娘们的小腹。

/ 过了一会儿，图书馆里出奇的宁静，人们变得像泥塑一般。

/ 老人面前有一支旧钢笔，他的头与双臂垂在木椅两侧。

/ 天很晚了，天太晚了，以至图书馆里不看书的管理员都下班了，打扫卫生的人都要下班了，那个小姑娘走过来，说：“您好，要关门了。”问过三声，小姑娘有点恼了，“是睡着了吧！？”

/ 是的，他真的是睡着了，在浩如烟海的书中。

透明的欲望橱窗

购物是公共活动中剩下的唯一方式。

——库哈斯

玻璃橱窗这种既不内在也不外在、既非私有也不完全公共的特定空间，包括透明玻璃后面的保持着不明确地位和商品距离感的街道，这一特定空间也是一种特定社会关系的场所。

——波德里亚

/ 城市的呼吸和心跳，袒露在商业街上，繁复如迷宫一般无可穷尽。

/ 橱窗，永远闪烁着危险的魅惑之光，这当代的乐园禁果，引诱我们走向新世纪的知识树，探寻我们真正的精神故乡。

* * *

/ “鱼，我所欲也。”

/ “子非鱼，焉知鱼之乐。”

/ 以价格衡量的失衡——金鱼，因观赏，而富有启示性；鲍鱼，因昂贵，而极具诱惑力。

/ 人们似乎更乐于沉浸在鲍鱼之肆。

* * *

/ 翻开时尚杂志，看看那些名贵腕表的广告，百达翡丽、卡地亚、积家、宝玑、江诗丹顿……它们 95% 以上，都静止在 10:10 左右。

/ 据说，这是最完美的一刻，像黄金比例分割。

/ 如果一个人，恰好在这一刻死掉，那全世界的在售计时器，都将为他的死去而停留，把他纪念。

* * *

/ 对意义的放弃，正如对上帝的抛弃，最后蜕变为对自我的遗弃。

/ 现在，人们轻松多了不是吗？人们的无聊感也日盛一日。

/ 人们远未强大到不需要上帝，今天的上帝，存在于消费之中。

/ 上帝永远处在自我替换更新的过程中，以满足人们的精神需求。

/ 这是上帝的伟大之处。

* * *

/ 当一个和平年代的男人，无法翻身上马奋力斩杀敌人于沙场，他可能更需要一辆宝马 7 系，以表明 —— 他是一个战斗力强悍的男人。

/ 或者，他无法投身运动场挥汗如雨，至少要加入到为运动员和赛事欢呼加油的观看台和转播台前。

* * *

/ 在某高速公路旁边，我生平第一次看见如此多的汽车，价值

10 万的、30 万的、100 万的，它们簇拥在一起。

/ 主人不在了，它们的“身份”也不再。

/ 它们——价值 10 万的，30 万的，100 万的汽车，都变成一堆废铁。

* * *

/ 时至如今，服装并非表现人，而是构成人。

/ 像词语，发展出一套象征和隐喻的符号系统。

/ 服装是当代人的第三性征。

/ 抛开那些“多余，却很有必要”（伏尔泰）的东西，人们将一丝不挂，一文不名。

* * *

/ 谈论美学总是比谈论经济学容易一些。

/ 谈论经济学总是比谈论美学时尚一些。

* * *

/ 节日过多——商家的节日。

/ “一个忧伤的老板 / 没有了负担。”（左小祖咒）。节日过多，浪漫主义迎来一个通货膨胀的泡沫期。

* * *

/ 没有风景，只剩下旅游景区。

* * *

/ 橱窗，可见的风物，琳琅满目，引诱人们走进去。

/ 橱窗，普通人的通往天堂之门，里面住着新上帝。

/ 橱窗，走出来的人们，脸上荡漾着神圣之光，洋溢着精神愉悦。

* * *

/ “热恋中的自我是一部热情的机器，拼命制造符号，然后供自己消费。”（罗兰·巴特《恋人絮语》）

/ 平庸——就连意欲摆脱平凡的爱情，都有一张庸俗不堪的脸。

/ 没有高贵的爱情，只有昂贵的周生生。

* * *

/ 有一张脸就足够了；有一个漂亮的封面就足够了。

/ 意义——在交易的一瞬间产生并完成。

/ 赞美显得夸张，愤怒纯属佯装。

/ 喜爱与咒骂，都构成消费不可或缺的一部分。

* * *

/ 如今，卖墓地的人也在以“终极关怀”打广告，说来也对，活着相对死去真是短暂的一瞬。

/ “钻石恒久远，一颗永流传。”“没有人能拥有百达翡丽，你只是为下一代做保管。”

/ 越来越多的商品在渲染营造这种终极关怀与人文精神。

/ 穿上文化的外衣，遮起赤裸裸的肉体，产品摇身变为品牌——得体的、有身份的物品。

* * *

/ 还有什么比奇烂无比的肥皂剧能更深刻地表现人们的日常与渴望；

/ 还有什么比对肥皂剧的热爱更让人们不知不觉地疯狂。

* * *

/ 诗人，常以嘲弄时尚为乐事。奥斯卡·王尔德是一个例外。他坐在时尚金字塔的最顶端，孤独百年。

/ 现在，仍有来自全世界的少女、少妇，去他的墓前，献上自己涂抹了各种牌子的口红的热吻。

* * *

/ 乔治·阿玛尼，2004 年进入中国。此后，西方奢侈品大牌，陆续进军中国。

/ 有人把这些国外大牌，看成新时期的“八国联军”；

/ 还有人说，当年被殖民过的地方，都是现在最“洋气”的城市。随便从北到南，哈尔滨、天津、青岛、上海、厦门、广州……

/ 如果说，美学殖民确实存在，那么，这也是实现温饱之后的国家通往世界美学共同体的快速学习的初级阶段。

* * *

/ 橱窗，我不断提及橱窗，它是城市的眼睛，值得一再注视。

/ 橱窗即天堂——关于美好的想象集合——又保持着刻意的距离感。

/ 橱窗，让人们共鸣。

/ “我喜欢那个品牌，你看，它具有我的风格。”透过玻璃，一位女士向另一位介绍。

* * *

/ 没有户外广告的城市是不可想象的，那些旧世纪的城市。

/ 霓虹是城市的性感内衣。

* * *

/ 广告丛林。

/ 置身如此糟糕的广告丛林，我们就不要怨声载道了，商家可是煞费苦心，依据“消费者心理调查”为我们量身打造。

/ 广告，可以美得要命。你没看到，你被垃圾包围，变成一个遥控器，孤独在沙发怀中，像一根电线杆，站在垃圾场。

/ 广告，可以很有思想。你没看到，你被泡沫包围，变成一块大肥皂，躺进肥皂剧里。一阵浮夸风就把你吹到了天边。

* * *

/ 裙子的虚荣心。

“人们现在所喜欢的，不是大服装店制作成一式几件的那种裙子，而是自己在家里制作的裙子，因为这些裙子能显示每个人的个人思想、嗜好和倾向。”

——普鲁斯特

* * *

/ 如今已然是大同世界。

/ 人们一样爱着可口可乐、麦当劳、好莱坞大片这样的国际快餐；

/ 人们一样热爱着路易·威登、百达翡丽、劳斯莱斯这样的顶级物品；

/ 人们爱旅游，爱自己，爱泡吧，爱出轨，爱摩天楼，爱后现代，爱足球先生，爱世界小姐……

/ 施华洛世奇的水晶世界，一点不比安徒生童话中想象的差。

* * *

/ 商品积极亲近艺术。

/ 近艺术化，去商业化，早已成为奢侈品的一贯套路。

/ 正如，卡地亚（Cartier）在自身中找到了艺术的存在。爱马仕也不时邀请著名艺术家来创作丝巾。

/ 艺术走向商品，艺术家参与商品设计创作，无疑是对民众审美温柔的美学课。

* * *

/ 汉语前台。汉语导购。

/ 不是以母语为锻造师的诗人，将汉语带到全世界，而是“一部分先富起来的人”在全球上演着“中国不差钱”。

/ 在迪拜，金碧辉煌的七星级帆船酒店，尽管每套房间每晚最低不少于 2000 美元，仍然攒动着中国人，据说这里面的中国房客占到近六成。

/ 在全球最贵的瑞士威尔逊总统酒店，皇家套房每晚 65000 美元，有专门讲汉语的前台为中国游客服务。

/ 欧洲各大奢侈品品牌店，为应付买白菜一样的中国游客，纷纷聘用中国留学生做汉语导购。

/ 全世界都知道中国人很有钱，都知道……

* * *

/ 市场像一个黑洞，拥有强大的包容性，它以差异性（卖点）为准则，将作品标签化、符号化，取悦细分购买者（读者）。

/ 如你所见：林彪全传、厚黑学、琼瑶、古龙、中日决战、推背图、赵本山、新婚指南、李小龙、蒙学通书、郭敬明、快速致富法宝、钱钟书、果蔬管理、李敖、余秋雨……混迹同一书摊。

* * *

/ 象征工厂。

/ 像词语一样，人造物同样获得了消费的引申义、比喻义，物品的象征性与隐喻性，即符号价值，是其最大化的价值，它将超过使用价值一万倍。

* * *

/ 感谢德国，不仅给了我们医治社会问题的神医马克思，还给了我们性能良好的宝马汽车。

* * *

/ 街上移动着一个个品牌，每个人可以肢解成一堆品牌，他/她的趣味和思想，便都包含在内。

/ 一个 Dior 人，与一个 Prada 人，在街角相遇，他们停下来，谈天气和近况，当说及品位与思想，他们一起嘲笑了一个 Chanel 人。

/ 在市场上，反抗变成逻辑内部的反抗。市场，渗透、笼罩着其他场域。

/ 通过内部反对，“无印良品”成为简约鲜明个性十足的全球品牌，找到了它在体系中的有利位置。

* * *

/ 逻辑的挣脱。

/ 比如，有人戴一块十万的名牌手表，就说卡地亚吧，人们会觉着这是很有价值的一块表，一块让佩戴者很有面子的表。这时，另一个人走过来，他戴着百达翡丽的最新款，价值十一万，仅仅多一万吧，第一个人就感觉颜面尽失了，此刻，他手腕上的已不是一块表，而是一块伤疤，一个羞耻符，此刻，连什么也不戴都强过戴着这么一块。

/ 我说厌恶奢侈品，太显葡萄酸味道，而事实的确如此，我不信任物质构建的世界，我只是需要。物质的城池，太容易被攻克，它脆弱的城墙建于浮华的流沙之上，它的每一块砖都由符号堆砌而成，而非真实的泥土夯筑。它貌似强大的马其诺防线，在对手面前只是纸老虎，它是它自己的对手。

/ 如卡夫卡所说，它“意味着对占有物的依附，人们不得不通过新的占有物、新的依附关系保护他的占有物不致丧失。这只是一种物化的不安全感”。正是在这个意义上，他说：“对于甲，一件旧衬衫就是一笔财富，而乙有一千万元还是贫穷的。财富是完全相对的东西，不能使人满足的东西。”

/ 我说不清楚想要什么，冥冥之中，隐隐约约，我对永恒（哪怕假冒的）充满兴趣。因为会死去，才如此渴望？我常追问自己，有没有一种东西，至少在一定阶段或时期内，它的价值是不变的、固定的，一种忠于自身的价值，而不是取决于另外的参照系，某种对比性的存在，“寂兮寥兮，独立不改”，它是一种独立存在的价值体？

我们都去动物园

没人敢叫我小鸡。

——《动物总动员》

人类愈都市化，离开自然愈远，宠物在人类生活里的重要性也愈增加。

——康拉德·劳伦兹

/ 周末，人们带着孩子，去动物园。

/ 人们去动物园为了看动物，看没看过的动物，或再看一次看过的动物，或讲述一篇《伊索寓言》，将某个寓意塞进孩子未开窍的脑袋。

/ 动物园里，人山人海，老少皆宜，熙熙攘攘，喧哗鼎沸，一点不比超市打折的时候人更少。

/ 曾生活在全球不同维度的动物，被集中运输到此。真该庆幸如今交通工具发达，放在一千年前，要运送一头大象或一头鲸鱼，简直超出人们最丰富的想象力。

/ 然后，动物被散落安置在动物园各处，隐蔽得相对好。

/ 无处不在的是动物园里的人群。如果航拍一张照片，难免让人生疑——这哪里是动物园？

/ 动物在笼子里等着看人？

* * *

/ 里尔克在巴黎动物园看见一头豹子：

它的目光被那走不完的铁栏，
缠得这般疲倦，
什么也不能收留。
它觉得只有千条的铁栏杆，
千条的铁栏后便没有宇宙。

/ 被物的栅栏围绕的现代人，就是这头豹子？

* * *

/ 为什么会有动物园这种地方？

/ 自然界中的动物被豢养起来，但又不等同于猪羊鸡鸭等被鱼肉。

/ 它们具备观赏性，是动物中的明星，人们需付费看。

* * *

/ 据福柯研究，精神病并非从来就是一种病症，工具理性成为法则以后，才将其作为需要强行治疗的病——因为对理性存在破坏性风险。

/ 于是，人们建立精神病院，将这部分人集中看管起来。

/ 动物园会不会被野生动物（还有么？）看成动物的精神病院？

/ 不会的，动物不会看。

/ 只有人懂得观看之道——在参照系中，确认自我的存在。

* * *

/ 过去的皇帝们曾为自己建造庞大的园子。

/ 像汉武帝刘彻营建的上林苑，《汉书》记载："苑中养百兽，天子春秋射猎苑中，取兽无数。"

/ 像清代皇家猎苑——木兰围场，从康熙到嘉庆，皇帝几乎每年都要率王公大臣来此射猎，史称"木兰秋狝"。

/ 相比这些猎物，动物园里的动物，兽身安全和食品供给更有保障。

/ 当然，这也多少出于无奈而非全部的人道主义，毕竟它们的同伴在全球范围或许已经所剩无几，动物亦以稀为贵。

* * *

/ 亚里士多德堪称最早的百科全书派。

/ 他跨界于哲学、数学、物理学、天文学、逻辑学、教育学、政治学、神学、文学、心理学，要命的是他还对动植物兴趣浓厚。

/ 他不光对500多种动植物进行了分类，至少还亲自解剖研究了50多种动物，他是第一个发现鲸鱼是胎生的哺乳动物的人。

/ 他的学生亚历山大大帝，利用远征之便，经常为他捎回各类动植物标本。

* * *

/ 我去过动物园。

/ 我急切地按图索骥去看以往只在书和影视剧中见过的动物。

/ 我看见了老虎、狮子、豹子、河马、犀牛、金丝猴、狐狸、长颈鹿，甚至还有马、驴、牛、羊……

/ 我看见了来自深海的各种鱼类、各种热带亚热带的鸟……

/ 我竟然想起一句很俗气的写在小学毕业纪念贺卡上的话：海阔凭鱼跃，天高任鸟飞。

/ 是的，只有奇形怪状的鱼和鸟适合——人不适合待在海底或天空——人的想象力的边界。

***

/ 在动物园的海洋馆。

/ 海豚和海狮像女明星一样为我进行了一场精彩的表演。

/ 我鼓掌，还录了像，很多人在拍照录像，她们报以最欢快的“海豚音”。

/ 我是忽然被一个想法攫住的：尽管高薪（海豚馆需另买票），海豚却是动物园里最辛苦的上班族，别的动物只管发呆就行。

/ 日复一日地重复表演，它们是否早已厌倦？

***

/ 都市海豚族。

/ 百度百科里有个词条：海豚族。指那些海量囤积食品的人。由于农副产品涨价导致食品价格飙升，不少人想赶在“涨价”之前囤积生活必需品。

/ 个人觉得，海豚族，是用来指那些需要付出更多辛苦（利用加班加点的个体劳动力，而非通过剥削劳动力获取更多剩余价值）以得到相对高薪水的都市上班族更合适。

/ 海豚，海豚，你厌倦了吗？

* * *

/ 斑马的个头比我想象的要小。

/ 我继续想象了一头斑马被一辆卡车碾过之后，变成了马路上的斑马线……

/ 其实，我想的是：今年秋装，估计会抛弃海军蓝而流行斑马纹。

* * *

/ 从动物园出来，我决定立刻回家重翻一遍《山海经》，以恢复我对动物的想象力。

* * *

/ 动物是人的朋友，人这么说。

/ 如果动物会讲话，大概会说，求求人类别理我们。

/ 但，这不能阻止越来越多的人成为宠物爱好者。

/ 你可以三年没和你的新邻居说上半句话，但如果你瞪了几眼路边随地大小便的阿猫阿狗，就会立刻遭到阿猫阿狗主人的强烈道德谴责：缺乏爱心。

/ 对动物有爱心的人不是没有，像写《昆虫记》的法布尔，像希梅内斯和他的驴子小银，像康拉德 · 劳伦兹，一位能听懂动物语言的奥地利动物行为学家，他写的《所罗门王的指环》，比电影《指环王》要好看一万倍。把诺贝尔和平奖颁给这样的人，意义要重大得多。

* * *

/ 有一头狼，从动物园跑到近郊的山上。

/ 这成为当地不大不小的轰动事件，周边的村民都吓坏了，每天担心家里的鸡被偷走。

/ 电视台出动了三名记者跟踪报道，并请来林业部门的专家(动物园有关部门管理不善不好意思出来)，这位研究人员说："狼是不会吃鸡的，如果山上有食物的话。"

/ 其实，狼自己心里也明白，在这世界上，吃掉了最多鸡的不是狼(徒有虚名的替罪狼)，它可不敢随便下山。

* * *

/ 到过动物园的人，都会被孔雀的漂亮羽毛所吸引，尤其期待看见孔雀开屏。

/ 张开五彩缤纷的尾羽，昂首阔步的孔雀，像一位骄傲的上校。

/ 但孔雀开屏自然不是为了取悦你，除非你是一只雌孔雀。

/ 孔雀在不想性交的时候，根本懒得开屏。

/ 在动物园里，如果稍加注意，会发现：每种动物中长得更漂亮的，一般是雄性。

/ 孔雀就不用说了，张着色泽艳丽的尾屏，跳着优美舞蹈的是雄性，雌性则灰头土脸、其貌不扬。

/ 威武健壮，须发飘扬的是雄性狮子，其他动物亦如是。

/ 雄性更漂亮，这符合自然规律。女人自然不乐意相信这一点。

/ 为什么雄性必须更漂亮，通过孔雀我们已经知道——交配需求。

/ 雄性必须更漂亮，才能更具竞争优势，以获取雌性的青睐，吸引雌性与之交配。

/ 所以，抛开对女权主义者的故意迎合，以及欲擒故纵的赞美诗策略，男人在本质上应该是比女人漂亮的，这样才符合交配竞争的自然规律。

/ 女人先天不需要这种竞争，在开始的时候，因其天生的生育能力就已经占了优势。

/ 这也是为何古希腊奥林匹克运动只有雄健的男人角逐，而没有女人参赛，因为不需要，她们只需坐在角斗场的观众席上，等待选择获胜的男人与自己性交。

/ 只有到了后来，人类进入文明阶段，男人的竞争优势从动物性扩展到文化性的领域，诸如权力、财富、名望等社会资本，女人才逐渐蜕变为审美对象——美的表征，这时，社会已从最早的母系氏族进入了漫长的父系氏族。

/ 即使在物质发达的今天，长得高大帅气，不仍然是女性选择性交对象的首要因素吗？尤其年轻女性，随着年龄的增长，文化性认识越高，也就越看重一个男人的文明竞争优势：权力、财富、名望。

告别乡村乌托邦

蝴蝶从葡萄藤上飞起，在村子上方跳舞。所有人都沉默着。

——赫塔·穆勒

中国城市的发达似乎并没有促进乡村的繁荣，相反的，都市的兴起和乡村的衰落在近百年来像是一件事的两面。

——费孝通

/ 乡村和农村。

/ 乡村和农村的意义，有时候重合于“城镇之外的那部分”。

/ 更多时候，有着各自的含义。农村，概念相对简单，农民赖以生存的居住空间，曾经是传统的农耕社会最广袤的土地。它清晰地确指一个地理、人口、劳作性的范畴，一种群体性的身份、背景、来历，一些非常鲜明的问题（三农问题）。

/ 乡村，就复杂得多。它是一个强大的隐喻系统。或者说，一种源于现实农村的虚构传统——知识化与理想化的村庄，用以对抗城市化进程中的不适感与落寞感，很多时候，乡村成为失去已久的天堂的代名词。

/ 对现代都市人来说，乡村像一种富贵病，是一种撒娇、一种过度按摩，而非真的“返乡”。一如，人们怀念伊甸园，但却再也不想回到那里。怀念只是怀念本身，不是某种行动的理念。一如，桃花源，是乡村，不是农村。

＊＊＊

／ 乌托村。

／ 那么多年来，我始终看不见、找不到自己的“乡”，用来“讴歌”，我努力用一双模仿罗丹的眼睛去发现，但我的出生地，它根本就不是刘亮程式的“一个人的村庄”，它有它的美好一面，也同样充斥着丑恶一面。

／ 它将会是埋葬我的地方，但成为不了我的“乡村乌托邦”。

／ 细心的人会发现，最难丢弃“乌托邦”的并非什么政治家（他们总是谨慎务实得要死），而是我们的诗人，好像诗人们都是天生的“空想社会主义者”。

／ 如你所知，有不少所谓的具备“诗人情怀”的政治家他们都干了些什么事。

／ 辽阔的大地上，没有我的“乡村”。诗人式的“返乡”，显然不是指，我每次回去都要为交通而头大的那个小地方。

／ 我只有“农民工返乡潮”的“返乡”。我只有一个彻头彻尾的农村，与国家为之头疼的“三农”问题一样，我从识字那天起，就在解决个人的“三农”问题。

／ 我拼命逃离农村，奔往灯红酒绿的城市，与妓女、嫖客、商贩、党员、IT 人……一同走在拥堵的街头。

/ 白天，被进城，夜晚，回到远离城市CBD的一隅，安置所谓的“理想”。

/ 我喜欢大城市是因为每个人尤其年轻人都那么有理想，那么“不甘心”“不安命”。

/ 那片穷乡僻壤，如你所知，我很少对它抒情。

/ 我对它的感情，毋宁说是抽象意义的更多，每当走进它的具体，掠过那些花草树木与低文明的散漫生活，我看见的更多的是麻木，被卑微的生活彻底教育过的麻木不仁，持续过久的低收入状态，造就了极易满足的低于地平线的幸福指数……

/ 为了两块钱的争吵，为了生儿育女的暴力，麻雀虽小亦有“乡村政治”和“腐败问题”，哪里有一个所谓纯朴的“乡村”呀？

/ 让思想低能儿+发情发烧友，意气风发地去杜撰去歌颂吧，那片穷乡僻壤，我只是偶尔回去看望年事渐高的父母，而且正在琢磨，等以后有余力，就让他们搬到“市里”去住。

* * *

/ 甜蜜的教堂，光辉的汁液，遥远的中年牧师，再也无法指导断片的生活。

/ 对于，那个毫无变化的村庄。

/ 我想起雷蒙·威廉斯的话：“他们需要的不是怜悯，而是直接的震撼。”

/ 其实，不知不觉，村庄早不是先前的村庄。

/ 村庄已变成全球化的一部分。

* * *

/ 村子里，唯一的一匹马，夹杂在众多的黄牛、驴子、骡子之间。

/ 唯一的一匹马，在村子里，被当作黄牛、驴子、骡子使用，耕地拉车。

/ 有一次，它终于愤怒了，挣脱缰绳，冲到马路上，踢坏了一位过路的中年妇女。

/ 然后，它被卖到了不知什么地方，我们村彻底变成没有马的村子。

* * *

/ 去上坟。

/ 在农村，年底了，照例要去上坟。

/ 我不知道城里人除了清明扫墓还有什么时间去祭奠先人，在农村，逢年过节，照例要去坟前烧纸磕头。

/ 城市里拥挤，不光高楼大厦容积率高，出门行车也堵，死后也得千军万马挤在一块儿，而且阴宅的房价也水涨船高，估计温州炒房团改炒墓地了。

/ 有时候想，人最后就装进这一个格子一个格子里，也的确无趣。如果是装在图书馆的一个格子里，估计还会有后来人，从灰尘中取下你，聊且翻阅几页，弄不好觉着共鸣于你，引为前辈知己，我不就是这样吗？

/ 年底了，照例要去上坟。上坟，自然是男人们的事。准备祭品，却是女人们的事，鸡鱼酒肉水果馒头一大桌，再拿了烧纸、鞭炮、竹竿，我们去上坟。

/ 我记得十多年前，父亲在外闯荡，一年回不了家两次，都是我独自去给祖父上坟。如今，我也漂泊在外。

/ 裹紧衣服出门，远远近近很多上坟的人，鞭炮声此起彼伏，响彻空旷的深冬田野。

/ 有一阵子，上面号召平坟以种庄稼，说是大大小小的坟头占用了耕地面积，这种做法叫"退坟还耕"，掘人家祖坟的政策不太好执行，终究不了了之。倒不是迷信，我想，死人能占多少地呢？这些年，身在房地产行业，我知道真正抢占破坏耕地的人是谁。

***

/ 农村之夜。

/ 夜晚，让人们各自退回自己热衷的时代；夜晚，分开了城乡。在城市，夜晚被切割成碎片的盛宴，为孤独的游荡者提供声色场所，为寻欢作乐的职业人制造犬马之地。

/ 越城市，越寂寞，越声色。

/ 现代社会最伟大的象征是电的使用。闪电让人敬畏天，惊惧于更高的能量在上方。而电则解放了人类的夜晚，再也不用昼短苦夜长，各种营业场所打烊的时间越来越晚，24 小时营业的店面已数见不鲜。

/ 走过午夜行人稀少的街头，温暖的霓虹或许是一些慰藉。我曾在一个深深的雪夜回家，脚踩着积雪咯吱咯吱响，我听得见自己的呼吸声已近于喘息，当抬头看见“肯德基”三个字和那个被知识分子当成文化侵略符号的老头，竟然觉着从未有过的可爱。

/ 是不是一个城市睡去得越晚，这个城市的发达程度越高，终有一天，我们会跻身于彻夜失眠的世界城市，东京夜未眠、上海夜未眠、西雅图夜未眠、北京夜未眠……

/ 即使按照发达程度来算，农村也该是早睡的。即使是夏夜，不到九点就黑得那么彻底，除了低矮的星辰和几户人家微弱的灯光，黑暗铺天盖地，真实而非比喻的黑暗，伸手不见五指的黑，路灯大约是坏掉了，或者根本未装，偶尔的犬吠，恍如在远处又在身后。

/ 只有在农村，还保留着完整的夜晚。而我总是入乡随俗，天一黑就不由自主地犯困了。因为，落后的农村不熬夜。

都有一张混凝土的脸

我今天早上看到了一条怡人的街，它的名字我已经忘却，

它崭新而洁净，是太阳明亮的小号声。

——阿波利奈尔

让我们把你移交给推土机好吗？

——麦克卢汉

/ 一个混凝土的世纪。

/ 1900 年，在巴黎的万国博览会上，展示了钢筋混凝土在很多方面的使用，在建材领域引起一场革命。

/ 混凝土，因其具有的先天特性，如普及性（不挑剔地点场所）、随意性（做任何造型形式）、坚固性（抗震和防火防虫）、非线性（液体瞬间固体化），成为 20 世纪以来最重要的建筑材料。

/ 在混凝土上贴玻璃，就是充满未来感与科技感的建筑；在混凝土上挂石材，就是庄严的宫殿和豪宅；在混凝土上附木材，就是自然生态建筑。

/ 无论如何变幻，不变的是——混凝土的内在结构。

/ 日本建筑师隈研吾（竹屋的作者），一直力行反混凝土主义。在他看来，这有更深层的含义：因为，混凝土与互联网，推进了20世纪持续至今的主题——全球化与国际化。

* * *

/ 现代人已无需容身之地（尽管房产吸引着全城目光），人们的身体在大街上。

/ 游荡即回家。

/ 我不想回家。

* * *

/ 早晨七点的北京，到处一片雾蒙蒙。

/ 高楼大厦变成了海市蜃楼。

/ 骑士，已没有骑士。

/ 风车，已没有风车。

/ 这就是一个心律不齐的时代。千变万化的世界，让我无法平静。

/ 平静等于死亡。

* * *

/ 城市的气息。

/ 每个城市本该有自己的气息，只不过如今的很多城市，商量好了似的——拿一个鼻孔出气。

/ 千篇一律的城市，簇拥着千人一面的迎来过往。

* * *

/ 库哈斯——他被官方的接受以至欢迎，既不说明建筑审美的提升，也不证明思想开放的程度，他仅仅表明一种全球范围的

“中国政绩”。

/ 当然，他有一本书叫《大跃进》(Great Leap Forward)，值得一看再看。

/ 只有在相对封闭落后的特定时空，才会产生“大跃进”。

* * *

/ 人类最伟大的艺术作品——城市，它丝毫不自然，它路边的绿篱都是精心修剪过的，更不用说它的建筑集群与公共空间。

/ 人类热爱城市。

/ 酸腐一点的人，会说“久在樊笼里”，这从侧面说明，人们乐于“久在”城市。

* * *

/ 如果过去一段时期，对现代性和当代性的全民追求占了绝对上风，那么在经济初级阶段告一段落之后，我相信会是中国性的回归。

/ 人们很快会或者已经厌倦街头的欧式风格建筑，东方美学将被重新发现与再度苏醒。

* * *

/ 空旷风景。

/ 心怀梦想与鬼胎的人们，齐聚灯红酒绿、纸醉金迷的城市，共同编制城市童话，横向是性感，纵向是残酷。

* * *

/ 街道，城市的灵魂，我更倾向于认为。

/ 街道，在此相遇，在此哭泣，在此欢爱，在此别离，在此酩酊，在此倾诉，在此也不再遇见。

/ 街道，是个永恒的迷宫。

/ 街道，绝不是个办事处。街道，就是人生的意外。

/ 每个人都有自己的一条 66 号公路。有的人，离开太久了就要“重返 66 号公路”；有的人，仍未真正踏上心中的 66 号公路。

/ 我们，路上见。

* * *

/ 城市的天际线，越来越美，越来越具“国际感”。

/ 我们自己还不满意，北京向“世界城市”看齐，省会向首都看齐，中小城市向省会看齐……

/ 当然，有的城市，甚至三级跳，直接向迪拜看齐去了。

/ 天际线，作为城市的“名片”——形象高潮部分——像被集中美容的脸部。

/ 城市，它不需要地平线。城市里的人，他们不需要地平线。

/ 地平线——城市的性感臀部。

* * *

/ 城市有着自己的命运和形象，历史与自然的原因，像战争与灾害，都会一定程度决定城市的命运。

/ 而城市形象，因每个人自身文化与经历的不同，而千差万别。

/ 譬如一种文学化的城市：提及伦敦，眼前就飘过紫色的雾（而一个商人更关心价格不菲的豪宅)，想到巴黎，就看见她那张忧郁的脸孔(而一个时尚人士则想到奢侈的天堂)，说起老北京，就把思维拐向一条幽静的胡同(而住在胡同里的人可能去鸟巢游逛了)……

* * *

/ 城市风俗。

/ 如今喜欢漫画的孩子多热衷七龙珠、樱桃小丸子什么的，我却独喜爱老漫画，丰子恺、叶浅予那一代，简单的线条，总是能勾勒出那个时代的独特气息。我记得叶浅予漫画《让女人像图画一样悦目吧》中的女人，一直被我少年时代引为梦中情人的模样。

/ 还有胡考，如今的孩子估计很感陌生了，在以前，他却是鼎鼎有名的漫画家。观其《30 年代的上海人物》，真是惟妙惟肖地刻画了十里洋场，上流小姐、打手、少爷、算命瞎子、舞女等各色人物，逛公园、打网球、骑马、日光浴等新兴生活方式，活生生一幅上海城市风俗画。

/ 在形形色色的人物中，竟然还有一种时髦的人物叫“诗人”，我们来看下这位蛮有趣的角色：

/ 这是位外国回来的诗人。

/ 脖颈子有尺把长，脸皮上打了蔫来条皱纹，头发盖在脑袋上，手里老拿根打狗棒。

/ 他拼命抽烟卷儿，喝啤酒，他总感到自己的身子不够病态——诗人是要病态的。

/ 他顶得意的诗句是：杨柳条的鸡毛帚呀！你扫去了人间的苦闷。

* * *

/ 天空之城。

/ 从前，有过一座城，城里居民非常喜欢诗，要是过了几个星期还没有好的新诗出现，他们就会把这种诗的缺乏看作公众的不幸。他们在这种时候照例穿上最坏的衣服，撒一点灰在他们头上，成群地集在广场上哭，抱怨诗神不该抛弃了他们。〔参考屠格涅夫《两首四行诗》〕

私人词典（节选）

社会游戏都是被规范的，是某些规律性的所在地。

——布尔迪厄

所有的旧东西都逝去了，看，每样东西都变成新的了。

——《新约》

/ 情趣用品。

/ 暧昧的夫妻用品店，透露着时代的隐秘表情。

/ 很久之前，应该相当普及（博物馆为证），当然，可能由青楼兼营。总之，古代比历史书上讲的开放。

/ 不久之前，人们含糊其辞地去妇女主任家领“计生用品”。

/ 不久之后，人们羞羞答答、遮遮掩掩地走进“夫妻用品”（夫妻才能用？）或“成人保健”（未成年人不需要？自己去查惊心的少女流产数字）店。狭小的店面，隐藏在不起眼的小胡同，或烟酒商店一隅，很不好意思地只占了“久久鸭”那么点儿空间。

/ 时至今日，基本都已改称“情趣用品”，店面不但宽敞，而且有了品牌连锁，而且有了精心的装修——时尚了起来。

* * *

/ 杂耍艺人。

/ 走街串巷"耍把戏的"，如今很难见到了。

/ 那会儿电视机还不普及，且多数是黑白的（有人很创意地在荧屏上贴了有颜色的膜，画面里的人物于是跟红绿灯一样）。

/ 他们表演吃玻璃、吞长剑，最奇妙的是把小孩放在箱子中打开就不见了。

/ 我从来不敢走上前，去做那个孩子，我怕我真的不见了。

/ 多年过去，我已成年。倒是他们不见了，仿佛从大地上永远消失了。

/ 后来，在北京天桥的广场上，我发现他们都变成了一具具的雕塑。

* * *

/ 周姑戏。

/ 儿时在我们老家那一带，经常有人来表演这个剧种，据说起源于济南章丘，又叫五音戏。

/ 夏天的傍晚，打麦场上，大人小孩提着板凳，去听他们唱个咿咿呀呀，曲目我是不记得了，我印象深刻的是当时的"门票"为一瓷缸小麦。

* * *

/ 电影院。

/ 起初，我不存在对"电影"和"院"的想象力，"电影院"是一片空白、一个认识盲点。

/ 听说“院线”这样近似专业的术语，更是很多年以后了。

/ 那会儿，我们看的都是“露天电影”，放电影的人骑辆自行车来了，只需要一块空地就足够，像打谷场、沙滩、大街、村支部……

/ 如果恰好有两棵距离合适的树挂起幕布，连竖立木杆的环节都可以省略，看电影的人自备座椅：椅子、凳子、墩子、砖头、墙头、席地或干脆站着……

/ 第一次走进电影院，是在我们那儿的小县城，1999 年。

/ 如今，城市里的电影院，设备越来越先进、效果越来越逼真、服务越来越周到、体验越来越丰富，总之一切都越来越……

/ 而且随着家电下乡，家庭影院在农村又普及了一遍。

/ 露天电影没人需要了，它变成一件过去的事情，一件你可以坐在高高的谷堆上面，讲给 90 后听的事情。

/ 但有一点，在电影院却是做不到的，那会儿，我们可以绕到幕布的另一面反着看电影。

/ 在北京这样的大城市，我想，如果骑一辆自行车，带着放电影的老机器，找一片空地，在两根灯杆之间扯起幕布，放上一部老电影，譬如《天堂电影院》吧，你会不会觉得是一件很时髦的事情呢？

/ 说不定就有一家创意餐厅把这当主题早已那么干了。

* * *

/ 录像厅。

/ 在大众的电影院和私人化的家庭影院之间，很长一段时间，满街都是录像厅，门口立着类似“夫妻用品”店的那种灯箱招牌。

/ 我去过一次录像厅，比住旅馆便宜，简陋的一间房子，散落着不超过十个人，但每个人其实都在等着下半夜的节目，零点一过，胖老板睡眼惺忪地走过来，换上一张新碟，于是，每个人都很满意地咽口水……

/ 我忘记旁边的女孩什么反应了，至于我自己，则是属于发育比较晚的那种，看着看着就睡着了。这一晚上，收费十块钱。

/ 后来，网吧遍地开花，录像厅这种地方渐渐地没人再去，好像一夜之间全部消失了，一起消失的还有游戏厅。

* * *

/ 姐姐。

/ 姐姐，这是一个基本失去存在性的词语，或者说，只剩下社会学范畴的意义，以及语言惯性的作用。

/ 建国后，在人多力量大的号召下，人口从 5 亿猛增至 10 多亿(房价能不高？)。1978 年起，计划生育与改革开放一道成为基本国策，30 多年来，人口增长有所控制，同时围绕“独生子女”产生的各种新问题，亦成为当下一大社会问题。

/ 再一个影响就是，让诸如“姐姐”这样的词，失去实体存在，仅仅作为一个“词”了。

/ 理论乃文明实践的某种总结抽象，而文明的最大影响因素即地域环境，西方众所周知的“俄狄浦斯情结”，据我观察，在中国好像并不十分明显，相较而言："恋母"现象还不如"恋姐"突出。

/ 东方缪斯在诗词歌赋中，就像一位漂亮的姐姐，诸如《洛神赋》、《神女》。我相信不少男人跟段誉一样，心底有个完美的王语嫣——神仙姐姐。

/ 即使性启蒙及对女人的最原初的想象与幻想，也常跟姐姐有关。很多小伙子都有过偷姐姐内衣的经历，那些诱人的蕾丝花边，消解了青少年蠢蠢欲动的欲望，侧面减少了犯罪率。

/ 像我这种没姐姐的人，对漂亮模糊的定义，可往前追溯至我表姐。六七岁时，我住在新婚的表姐家，我清晰地记得，有一次，半夜起床撒尿，掀被子的瞬间，正好瞥见表姐没穿衣服的身体，就一眼，但一直藏在记忆深处。

/ 后来，我喜欢的第一个异性，那个小学同学，就长得像表姐，我喜欢的第一个女明星，也是跟表姐有些像的周慧敏，我模糊的初恋，也是一个眼睛像表姐的姑娘，她看我的时候总让我心醉。

/ "火车站，小姐姐……"不少诗人，都有一位真实或想象的"姐姐"作为艺术生命的缪斯。"姐姐，我想回家"，当外表孱弱的张楚，撕心裂肺地喊出这呼声，唤醒的其实是多少人内心深存的漂泊无依感、家园缺席感、信仰失衡感，像亚当向上帝表白离开伊甸园之后……"我"并不想回到被称为母亲的祖国的怀抱，我想回到那有个姐姐的家。

/ 但，我们回不去了，姐姐将成为语言谱系中一个动人的记忆。

* * *

/ 中彩。

/ 我没买过彩票。

/ 倒是幻想过：某天，坐公交时没零钱，无心买张彩票换钱，结果中了 500 万，然后，买房置地、娱乐旅游。

/ 我是个不相信奇迹的人吧，我从没买过彩票，就更不用说中奖了。

/ 愚公移山是一种精神价值的奇迹。

/ 诺贝尔发明炸药后，移山变得轻而易举，诺贝尔发明的奖，成为压在中国文人胸口的新大山。

/ 约翰·菲利普（1817—1867）是英国风俗画家，他画于 19 世纪的一幅《读彩票号码》，惟妙惟肖地勾画了英国不同社会阶层人物买彩票的心理和表情，现实主义的手法让人仿佛身临其境。

/ 我一想到 19 世纪中叶，就是中国多么落后腐朽，敌人的坚船利炮开进了僵死的帝国的领海，无能的朝廷只会搜刮民脂民膏，等等。

/ 而彼时，英国已是自由买卖彩票的国家，社会进步怎么可能一朝一夕呢？中国的彩票事业是何时起步的呢？民国时有彩票事业么？我没买过彩票，也就不太懂得这段历史。

* * *

/ 婚介所。

/ 最近，电视上几档婚配类的节目非常火爆，随着剩男剩女的增多，年轻人社会压力的增大，婚姻成为热门话题，成为畅销书的好题材。

/ 在古代，征婚形式丰富多彩，但以女方为主，如比武招亲、诗文招亲、抛绣球择偶，等等。

/ 在媒介（报纸、杂志、广播、电视、网络）日益丰富的今天，征婚广告越来越多，婚介所也比比皆是。

/ 1695 年 7 月 19 日，英国约翰 · 雷顿发行的《家政与经商》杂志，刊登了世界上第一则征婚广告："一位年约 30 岁的绅士，愿征一位拥有 3000 英镑财产的年轻淑女为偶。"

/ 在中国，第一个公开征婚的是革命家、思想家章太炎，他在《顺天时报》提出五条择偶标准：湖北籍、大家闺秀、性情开化、懂文墨通诗赋、平等互尊。

/ 公众日常读报应该是现代社会的一个重要特征了，婚姻借助大众媒介凤求凰，最早都是轰动一时，非常"革命"，如今则稀松平常，甚至以假征婚之名进行行骗、援交。

环球同此凉热

我心中怀抱光明的乡愁，始终怀念托斯卡纳，
那全人类更明亮的青山。

——曼德尔斯塔姆

处女星已经回来，又回到 Saturn 的统治，从高高的天上新的一代已经降临，在他生时，黑铁时代就已经终停，在整个世界又出现黄金的新人。

——维吉尔

/ 环球同此凉热。

/ 我喜欢冬日时光，不如说喜欢寒冷。就连文字也喜欢冰冷的语调，对热情洋溢的人和文章，我有种天生的不信任感。

/ 我见过太多初见热心最终凉透的事情，与其如此，不如，从冷水开始，缓慢加热，逐渐温暖，这是一个冷热变化的相反过程。

/ 过去的 20 世纪前后，最温暖人心、最激荡人性的文字，正是由梁启超在一个叫“饮冰室”的地方写就。而冷峻的鲁迅，每一根胡须仿佛都在嘲讽那个时代，他让 20 世纪上半叶具有人文的光芒。

/ 热心，热在内，时间久了，才能感知到。但我们太健忘，或忽视这种冷热之间的细腻交换，我们关心温度计胜过了关心真实的气候。

/ 每年冬天我都要回老家，家中的日子更冷，也让我更清醒。我真的清醒吗？有天，我无聊翻书的时候，读到美国诗人罗伯特·海顿的诗，我才知道自己谈不上清醒。

《这些冬日的星期天》

星期天，我父亲也早早起床
在蓝黑色的寒冷中穿上衣裳
用他那因为工作日的恶劣气候而
冻裂疼痛的手生起火来
没有人感谢过他

我总是在醒来时听到那寒冷的爆裂声
噼啪声，屋子温暖了，他这样招呼道
我慢腾腾地起身，穿衣裳
害怕这家里慢性的愤怒

不经心地和他说话

是他驱散了寒冷，又

擦亮我那双最好的皮鞋

我懂什么？我怎懂得

爱的艰苦而又寂寞的职责？

* * *

／巫术，没有巫术的年代。

／魔术家成了当红明星。

* * *

／夜晚的霓虹是真实的霓虹，雨后彩虹就显得缥缈而虚假。

* * *

／那些夏夜，我在屋顶上，躺着看星空，我自然课学得并不好，总是难以一一对应什么星座。

／我可不是张平子，又会看天象，又会造精密仪器，又会写《二京赋》。

／看个官方版本："张衡，我国东汉时期伟大的天文学家、数学家、发明家、地理学家、制图学家、诗人、官员……"

／我记得他《归田赋》中的两句："于时曜灵俄景，系以望舒。极般游之至乐，虽日夕而忘劬。"

／如今，我已多年没有爬过屋顶，但我多么怀念古人翻墙偷情的时光。

* * *

/ 世界跟着女人的屁股跑。

/ 西塞罗说："世上一切，尽在脸面。"化妆品厂商也是这么想的。

/ 脸部T台，是女人永不落幕的时尚舞台。

/ 化妆，是女人的第三性征。

/ 罗兰·巴特和约翰·伯格，用很多篇幅论说过这件事，中国古人用一句"女为悦己者容"就讲透了。

* * *

/ "历任男友都是名人。"

/ 我忘了这是说谁的了，但无论如何，这都是对一位不凡女性的总结。

/ 每个伟大的女性，背后或旁边不都站着一位或多位伟大的男性，波伏娃、阿伦特、夏奈尔、玛丽莲·梦露，哪个不是呢？

/ 如果不仅仅想做一个三围大的女性，这或许是条捷径。

/ 洪晃说过："男人没玩几个，怎么玩艺术？"你看说话多艺术，人多气魄。

/ 而且，如此的选择显得比跟煤老板在一块有文化得多。

* * *

/ 傍文化大款。

/ 傍：从人，从旁，就是站在旁边的人，摆件一样。

/ 从站的角度，跟"妾"（立女）有一点近似了。而"妻"，则是"妇与己齐者也"。"妻""妾"都有"女"字旁，因为它们最早的定义是生儿育女的人，当然，傻子才把她们只当作生殖器。

/ 傍大款，不容易，容易被道德指责。倒不是指责别人的人有多高尚，在中国谈论高尚是可耻的。

/ 他们的逻辑我看是："不患寡，而患不均。"——大款属于相对稀缺资源，凭什么被你占去了。

/ 个人以为：美女不嫁大款，简直天理不容。从优生学的角度，下一代人财两旺岂不美？如果每一代都比上一代人财两旺，共产主义不就有指望了嘛。

/ 再说，美女最怕有表无实，什么最实在？真金白银。谁持有？——大款。

/ 所以，自恃有才的女人，就不要对美女"羡慕嫉妒恨"了，你们要走另一条逻辑。

/ 才女要嫁大腕——文化名人，才女一般有实无表，纵观古今中外，文化是一张百试不爽的皮。披上文化的皮，是从猿到人的真正转变。

/ 傍文化大款，这就应该是一个中性词。有一阵子，我的理想就是成为文化大款，等着才女们来傍。如今，我的理想直接是当大款，接触过一些"文艺女青年"之后，我觉着美女比才女好玩，对一个男人来说。

* * *

/ 爱比死看上去更冷。

/ 我并不是个冰冷尖锐的家伙，用人们的习惯用语，我努力想做的不过是实事求是。我是个温良恭谦的人，不爬栏杆不闯红灯不在外面过夜。如果，我的一些言辞显得过激，只能说这个世道过于平庸，只能说文字还是可以有力量的，我喜欢有力量的文字，我喜欢我的文字有力量，革命不是绣花（我也许说过革命就是绣花枕头），我也不是来跟你们织毛衣的。

/ 以前，我说过冷抒情——我理解的一种抒情诗，或者说全部现代诗。我在北方住惯了，我想象过小桥流水，仅仅是想象。我喜欢寒冷，因为寒冷的地方就会有暖气。我想起迪兰·托马斯一首诗中写的：

冷，哦，一点也不冷，
尖锐，哦，一点也不尖锐，
你思索着的思想的高地
和我说过的半熟的想法属于你，
而当我将其索回时，它更冷
也更尖锐……

一个非时尚者的观察

轮到面包去掰开人，成为黎明的美。

——勒内·夏尔

生活由越来越多非个人化的以及取代了真正个性色彩和独一无二的东西所填充。

——西美尔

/ 胡子的美学。

/ 有一天，女权主义者会不会出来指责男人们蓄须这件事。毕竟女人们都不爱留胡须，她们连腋下的毛发都要刮掉。

/ 莎士比亚讲得很尖锐："上帝给女人一张脸，她偏要自己再造一张。"这不是什么坏事，它拉动了美容行业的 GDP。

/ 话说回来，女人在伊甸园的时候，就比男人爱折腾。

/ 天生不长胡子的男人（我们老家方言称之为"娘儿们嘴"，并衍生出"嘴上没毛，办事不牢"的俗语），倒省了剃须刀，像马克思那一把好须，整理起来肯定诸多不便。

/ 达利非常喜欢摆弄自己的胡子，那是他的招牌。

/ 斯大林的胡子、福克纳的胡子、鲁迅的胡子，也都是很漂亮的胡子。

* * *

/ 老建筑的时尚之旅。

/ 如今，时尚界流行改造一处老房子来展示品位，历史元素与情感记忆，被处理在当代消费语境之中，成为感官体验的新空间。

/ 无处不在的怀旧，是人们对急速膨胀后的生活场景的一种拯救，对玉米的记忆，变成了对爆米花的情感。

* * *

/ 机器之芯。

/ 像人类一样，机器有了自己的“心”。

/ 机器，俘获了人们的心。

/ 没有机器，人类的心脏，简直不能跳动了。

* * *

/ 万千变化的时尚圈，牛仔裤是永不凋落的花之明星。

/ 当年轻人不知穿什么好，就穿牛仔裤；

/ 当不穿牛仔裤，年轻人就不知道穿什么好。

* * *

/ 减肥是一种对社会结构臃肿、信息膨胀、思想消化不良、文化反胃所做出的最壮丽的个体反抗运动。

/ 思想和观念瘦身，急迫于肉体。

* * *

/ 相信教授不如相信星座运势。

* * *

/ 如今的艺术分两类：商业艺术和不够商业的艺术。

* * *

/ 过去不在历史课本上，而在电视连续剧中。

/ 过去从未像今天这样栩栩如生，又难辨真假。

* * *

/ 徐大诗人志摩的风流韵事，给他的诗添油加醋，成为媲美肥皂剧的真正高潮部分。

/ 没有林徽因、陆小曼什么的点缀，就没有当下人们眼中作为诗人的徐志摩。

/ 连胡适都要尝试挖掘一个韦莲司、徐芳出来。

* * *

/ 个人品位，顶多让他成为一个“意见领袖”；

/ 群体品位，才是社会进步的直观计量。

/ 一个把去肯德基当成给孩子犒赏的社会，显然，还有巨大的进步空间。

* * *

/ 祖父给我讲过一个故事：土改那阵子，要分一些地主家的财产，两户人家打起架来，因为双方都想分到一个老挂钟，不愿要一块小手表（高级瑞士腕表），互不相让。

/ 他们的理由很简单——“大的好”。

* * *

/ 单向度的人走向单向街，马尔库塞转向本雅明。

/ 1940 年是他们的分水岭，马尔库塞出走美利坚并入其国籍，而被缚的本雅明，自杀在奔向自由女神的前一夜。

/ 如今，叼烟斗的老硬汉马尔库塞过时了，革命过时了，他曾是多么激动人心的三 M 之一，60 年代是他影响力的巅峰，然后直线滑降。

/ 柔弱的本雅明，因冷静而穿越更远。苏珊·桑塔格说他："土星气质的人生性迟缓、优柔寡断，以至于有时不得不用刀子为自己开辟通路，有时就把刀尖最终对准了自己。"

/ 而巨蟹座的马尔库塞，星座学上这样总结其性格特征："优点——富道德勇气、有趣、大胆无惧；缺点——容易狂躁、情绪化、易沉迷。"

***

/ 矫揉造作。

/ 这是一个注意力更关注表情系统的时代，蜻蜓点水式的隔靴搔痒，就足以触及人们的笑点，谁乐意被更深刻地戳到痛处。

***

/ 装的革命。

/ 来自巴伐利亚的移民斯特劳斯，于 1850 年首次推出牛仔裤，一个半世纪以来，它从结实的工装成为 1968 年反潮流的象征，最终变成永不落伍的潮流。

/ 萨拉·贝尔纳，第一个穿男裤的女性。她以面向正前方的拉链，拉开了女人穿裤装的时代。

/ 1965年，服装设计师库列日，设计了一枚炸弹——超短裙——以迅雷不及掩耳之势击中了全世界女孩的心，以及男人的眼珠。

/ 太多了，比基尼、高跟鞋、喇叭裤……革命可不仅仅属于卡尔·马克思。在今天，它经常由卡尔·拉格菲尔德发起。

/ 服装的革命，是在解放人的心灵，还是重新禁锢人的身体，还是消费时代的摇钱树，或许都有。广告说得好：三日不买新衣，便觉面目可憎。

不合时宜的诗意

我也只在恋爱中才写情诗。

——歌德

城市在瓦解，大地是尘埃的列车

只有诗歌，知道迎娶这片天空。

——阿多尼斯

/ 没有一首公路之诗。

/ 作为公路游魂，我期待一首公路之诗，像永恒的 20 世纪 60 年代，热切期盼着《嚎叫》。金斯堡而不是蒙克的《嚎叫》，蒙克的《嚎叫》仿佛卡夫卡的自画像，让人深陷自我变形的深渊，发不出半点儿声响——全部音符堵塞在了时代的嗓子眼中。

* * *

/ 人们写不出墨水味的诗歌了，饱满湿润。

/ 人们已经不再需要墨水味的诗歌。

* * *

/ 一本诗集，如何来到旧书摊上？

/ 走出书房里的书架，走进收废品的麻袋包，走进废品收购站，走进小书贩的麻袋包，“走了一万一千里路”，然后，就到眼前了，和众多的书堆积在一起，被翻检挑选，谁会买一本诗集？

/ 翻开诗集封面，是作者认真的签名——他一定心怀激动寄了出去——“恭请 ××× 斧正”。

/ 一本诗集，如何来到旧书摊上？

/ 趁作者到来之前，我要赶紧把它买走，无论几块钱。——仿佛看见了自己诗集的命运？

***

/ 中国历史上，最出名的一次诗人聚会，非永和九年（353 年）的兰亭雅集莫属。

/ 其时，有名气的诗人都来了，谢安、孙绰、支遁……到会 41 位诗人，可谓“群贤毕至”。

/ 诗人们朗诵得非常开心，“足以极视听之娱，信可乐也”。并就诗歌创作的关键问题交换了意见，某大腕人物发表了重要讲话。

/ 是日，饮酒对句，得诗 37 首，结为《兰亭集》。1650 多年后，人们仅仅记住了那篇“序”。这就是请名人写序的意义？

***

/ 在一战爆发前一个月，年近不惑的诗人里尔克，收到一笔数目颇巨的捐助——两万克朗金币。这位匿名捐助者，如今已路人皆知，是维特根斯坦。

/ 哲学家维特根斯坦，诞生于欧洲显赫豪门，“何其悠古，我们的家族……”用他资助过的另一个诗人特拉克尔的诗来描述正合适，他的家族与罗斯柴尔德家族被誉为欧洲第六帝国，相当于晋代的“王谢”。

/ 同年底，备受战争摧残的特拉克尔，被送往战地精神病院，死于维特根斯坦赶去看望他的前几天，他们一生未曾谋面，但特拉克尔的诗却是维特根斯坦的终生慰藉，一读再读直至暮年。而对“未免过于矫揉造作”的里尔克，他已深感厌恶。

* * *

/ 诗人和商人，有相同的地方，二者都很纯粹，一个扭捏着拒绝利益的诱惑，一个赤裸裸地扑向利润，仿佛世界的两端。

/ 我们经常自称是一个诗意的国度（印度也这么说自个儿），但没有一个朝代，以“诗”来命名，不过就有一个朝代，以“商”来命名，且经历了六百年。

/ 商人遇见诗人，算是倒了两千年的霉。

* * *

/ 瞿秋白可能是唯一见过诗人马雅可夫斯基的中国文学家，他对马雅可夫斯基的印象：标新立异，喜欢当众朗诵，善于辩论，他的照片总是神情严肃，眉头紧皱。

/ 作为同代诗人，作为身份背景、价值观不同的诗人，“工人代表”马雅可夫斯基，总是忘不了揶揄嘲讽一下老对手——“农民诗人”叶赛宁。

/ 看他“评论”叶赛宁的一些精彩言论吧：

“是的，还有个叶赛宁，那是一名冒充农民的恶棍。真可笑，像一头戴着羊皮手套的母牛。仔细一听，原来是大合唱的一员，一个三弦琴手！”

“我大摇大摆走下公共马车，朝捷列克河吐口唾沫，把手杖在滚滚浪花里戳戳。好在哪里？乱糟糟，闹哄哄！……好像警察局拽来了个喝醉的叶赛宁！”

“你去了，
获得了所谓的
超升，
一片空虚……
你飞着
钻进群星。
再没有预支稿费，
没有娘儿们，
也没有啤酒馆，
从此清醒。”

——《致叶赛宁》

* * *

/“无论命运会把我们抛向何方，无论幸福把我们向何处指引，我们——还是我们：整个世界都是异乡，对我们来说，母国——

只有皇村。”〔普希金《10月19日》〕

/ 在皇村，19岁的古米廖夫，认识了14岁的戈连科，他多次向她求婚，五年后，他们结婚，戈连科19岁，古米廖夫24岁。他们的蜜月在巴黎度过，参观博物馆、艺术展、夜总会、逛书店……两年后，戈连科——对，她现在已经改名为阿赫玛托娃——生下了儿子列夫（唯一一个），出版了第一本诗集《黄昏》（印刷300册），生儿子当天，古米廖夫彻夜未归，诗集面世后，评论界一片叫好。

/ 六年后，他们离婚，这期间，古米廖夫连续爱上数位女性，阿赫玛托娃也结识了几位后来成为她丈夫的男人。

/ 1921年8月，古米廖夫被逮捕并以涉嫌“阴谋案件”而被迅速处决。第二年，阿赫玛托娃出版诗集《1921年上帝的夏天》以示怀念，联系到刚因心脏病复发猝死的勃洛克，可以说，一个时代结束了。

/ 其实，这本是平凡的一年，在血雨腥风弥漫苏联文艺界的同时，在遥远的南方的邻国，因为，十几个人冒着血雨腥风在南湖一条船上，开了个会，而变成一个神圣的年份，开始了另一个（种）时代。

* * *

/ 在极其漫长的一个历史时期内，无论在东方还是西方，手艺人都是隐姓埋名、不受重视的“工匠”。

/ 在过去的中国，甚至以“工种”命名一个族群（户），补鞋的世代补鞋，养鱼的不准养鸡，他们一直属于执行者的角色，而非思想或概念的创造者。

/ 炉火纯青的工匠数不胜数，但无一例外，他们没有名字，是一种附庸。

/ 直到 19 世纪中叶，手艺人依旧默默无闻，没有地位，订货的客户才是主人，多为皇室和贵族，他们默默承受着自己的劳动远逊于自己使用的材料的律例。

/ 当年的穷小子路易·威登离乡背井，到巴黎为贵族收拾行装。1852 年，拿破仑三世登基，他被选为皇后的御用捆工，从此涉足上流社会。两年后，他开了以自己名字命名的第一间皮箱店，如今“LV”继续征服着全世界女人包括中国女人的心。

/ 进入现代社会，这一切才迅速改观，尤其，高级时装业的诞生，催发着手艺人向设计师转变。

/ 查理·弗里德里克·沃斯（1825—1895）为奢侈品奠定了基础，他为不同的顾客量身定制服装，遵从自己独立的设计思想，将自己的见解与喜好以风格的方式，强加于顾客。

/ 雇主变成顾客，顾客变成被动选择的消费者。

/ 裁缝曾经是多么卑贱的手工艺人，而今，时装设计大师如卡尔·拉格菲尔德，早已进入不朽艺术家的行列，他们的名字在全球家喻户晓、备受推崇，超过高尚的纯艺术家。

/ 在现代社会，手工业与工业迅速结成联盟，手工给冷冰冰的机器以体温与灵魂，工业则将灵魂复制至世界各地，手工业与工业，艺术品与商品，艺术家与设计师，达成前所未有的默契。

／不可否认，手工，在体现着人的价值，一种情感价值，透露着人们对大规模流水线的厌倦与对传统理想的致敬，正因为情感价值无法用价格准确计量，这便成为奢侈品最大的溢价空间，它常常诉诸历史叙事逻辑（品牌故事）、明星模拟象征（代言人）、与机器刻意的距离感（限量版）、艺术家参与创作（安迪·沃霍尔的另一个极端），等等。

＊＊＊

／美丽的逃逸。

／“美丽的逃逸”，这是最具艺术气质的奢侈品爱马仕的广告口号，看见这句话，我就想起一个法国人，他 20 岁之前就完成了其一生最重要的作品。

／23 岁的时候，他成为一名雇佣兵，干了不足一个月，搭乘英国帆船逃走；

／24 岁的时候，他在一家马戏团做翻译，随团至瑞典、丹麦；

／27 岁的时候，他先是为一家英国公司当一个管理 50 人的小工头，后因工资低辞职；

／30~36 岁的时候，他在非洲达哈勒尔，为欧洲几家公司做事，“我目前正在这里组建一支沙漠商队”（1885 年 12 月 3 日家信）。他组织的这支护商镖队，同出没于非洲丛林的强盗周旋，为不法商人护送过枪支、象牙；

/ 38 岁的时候，他因非洲瘴疠瘍热和关节炎感染发作毒疽，被送回马赛医院，并于次年死在这里。

/ 而当谈及他曾热爱的文学，早在 1879 年，他 26 岁的时候，朋友德拉阿依去看望他时，问他是否还在关注文学，他即回答："我再也不想它了。"

/ 他曾豪言壮语："我是被天上的彩虹罚下地狱，幸福曾是我的灾难，我的忏悔和我的蛆虫：我的生命如此辽阔，不会仅仅献身于力与美。"

/ 他的确完成了短暂而富有的一生，像一颗匆匆划过的彗星，他就是法国象征主义诗人——阿尔蒂尔·兰波——一个天才的名字，一个关于美丽逃逸的故事。

* * *

/ 我承认。

/ 我承认，读过新诗的人，没有不知道徐志摩的，即使从不读新诗，至少也看过电视剧《人间四月天》吧，电视剧俨然是我们这个时代的历史老师，有一次我在大明湖，就听见旅人津津乐道夏雨荷，至于李清照，不少人已经搞不清其性别了。

/ 我承认，徐志摩的诗集我买过几本，有一本还是与李金发、戴望舒的合集，除了风花雪月，他也有不少写百姓疾苦的诗。跟百姓站在一起是一种政治正确吗？

/ 我承认，在那些阳光灿烂的日子，我在情书中省略引号地引用过志摩的诗和书信，他最擅长的就是情书嘛。在这点上，我像那些学术抄袭者一样不知羞耻，他们为了应付体制混功名尚可理解，但我盗用人家的诗追姑娘，就太不应该，爱情多么纯洁呀。所以，后来，我亲自写起诗……后来，时代已不时兴用诗歌骗姑娘了，我等于自学了一门“屠龙之技”，幸亏没有“欲练此功，必先自宫”的行规。

/ 我承认，徐志摩是我第一个认真看过几页的中国新诗人，又没人告诉我谁写得好，又没有网络，又没有琳琅满目的书店，又没有藏书颇丰的父亲……总之客观条件不允许。初中年月，我能看什么更好的诗呢？很快，我不就看海子、顾城了吗？很快……很快……那些年月，我总是拔苗助长般地飞速猛进，正如人们后来喜欢用来总结 80 年代的话：短短十年走过了西方一百年走过的路。

/ 我承认，对大多数情商是席慕蓉水准的中国初中女孩，徐诗人的文字还是具有一定的魅力的，我已在实践中证明过。当我摸着姑娘刚隆起或过早发育的乳房，念着“你不知道风往哪个方向吹”，她们确实一脸迷失方向般的陶醉。

/ 我承认，韩寒说得挺好，他对新诗的看法还真有不少真知灼见，但诗人死要面子活受罪。局外人看得清楚，至少诗写成当今这样，是无法交代的。诗人自己不说，外人为何不能说？我看，诗人饿得不够死。

/ 我承认，徐诗人不帅，一张脸智慧得驴子一样长。但据说，比戴望舒已帅很多，戴诗人因为长相多次求爱失败。很奇怪，国外的诗人怎么就长得都跟明星一样，身边的女人跟女明星一样，这也属于国情特色吗？

/ 我承认，年轻时在济南读书，我傻呵呵地跑去找徐诗人坠机的山头。如果早知有此一劫，他还会打飞机去找林徽因吗？他会留在家里打自己的飞机吗？不会的，那他就不是徐诗人啦。评论家说了，徐诗人是喜欢“飞”的，他这次终于飞了，飞行技术不如一只鸟而已。

/ 我承认，这么多年过去了，我有一个很不纯洁的问题，一直盘旋在日益发达的头颅中，然而至今仍未找到任何蛛丝马迹，我的问题是——徐志摩与林徽因发生过关系吗？

* * *

/ 天涯咫尺。

/ 诗人翁加雷蒂说过：“如在镜中一样遥远。”

/ 镜中——可见，但不可即。镜中——里面的与外面是不是同一个？这深思像一道鸿沟，像承受之轻飘向邈远。

/ 有这样两种情感，在异乡有一个思恋的“故乡”，他在想象中抚慰自我——那遥远的“故乡”，因为某种“信”，亲切而真实；再就是身在故乡，却被一种漂泊感笼罩不能自拔——莫名其妙的远处更吸引他，他到哪里，哪里就被遗弃。

/ “人之间的靠近实际上是远离。”

/ 洛尔迦在诗中写道：“当我在你身边，我是多么远，当你离开，是多么近。”这让我们想起他在中国的弟子顾城的《远和近》：

你，
一会看我，
一会看云。
我觉得，
你看我时很远，
你看云时很近。

广告之后请继续……

因为有广告，生活中的每一天才如此充满生机和活力。

——米兰·昆德拉

汽车、电影和无线电是技术上的发明。而广告、一次性商品和信用卡才是社会学上的创新。

——丹尼尔·贝尔

广告是资本主义文化的生命，资本主义已经到了没有广告就难以生存的地步，同时，广告又是它的幻梦。

——约翰·伯格

/ 无论你看，或不看，广告都在那里，将你包围得水泄不通。在我去楼下吃午餐的短短半小时，门把手上被别上了四张广告：易初莲花超市最新商品折扣、长城宽带超值套餐、一家健身会所的游泳试用卡、一家新近开业的外卖餐厅……

/ 满城无处不广告，乱花渐欲迷人眼。

/ 广告铺天盖地布满我们的公共领域，还无孔不入地渗透进私人空间，它不动声色地改变着人们的风尚习俗、精神面貌、个人气质、品味格调，动摇着旧有的价值观念、情感模式和社会传统，潜移默化培育出崭新的生活方式。

* * *

/ 我们时代的天使——广告女郎，她们笑靥如花，她们体态婀娜，她们搔首弄姿，她们波涛汹涌，她们莺歌燕语，她们远在天边近在眼前，她们让我们魂不守舍神魂颠倒，她们像德拉克罗瓦浪漫主义巨作《自由引导人民》中的女神，跟随她们，我们走向人造天堂。

* * *

/ 哪一刻起，表象战胜了存在？

/ 从 1452 年，古登堡印制他的 180 套《圣经》，结束手抄书时代，开始了大规模印刷的媒界革命开始么？

/ 从 1492 年，哥伦布带着西班牙国王给印度君主和中国皇帝的国书，扬帆驶离巴罗斯港，并发现一个新大陆开始么？

/ 从 1776 年，瓦特制造出世界上第一台具有实用价值的蒸汽机，并宣告了工业革命的划时代序幕开始么？

/ 从 1840 年，工程师查理·特里维西克设计出第一列真正在轨道上行驶的蒸汽火车，从而让大众旅行成为可能开始么？

/ 从 1916 年，杜尚把一个小便器直接搬进纽约的一次画展并命名为《泉》，三年后又给达·芬奇的《蒙娜丽莎》添加了胡须开始么？

/ 从 1964 年，安迪·沃霍尔在一家画廊展出了他从超市运来的番茄汤、麦片、清洁用品的包装盒开始么？

/ 还是从电的使用，电视的发明，因特网的普及开始么？

/ 无论媒介的变革、空间的变革，还是生产的变革，每一次变革都急遽改变了人类文明的进程。

/ 总之，当人们意识到这一点时，广告已变成生活中不可或缺的东西。

/ 日本建筑师隈研吾甚至总结：20 世纪是广告的世纪，并不乏悲观地道出："只要反复操作表象，就能制作出无限量的广告，陆续创造出广告特有的感动与惊喜。"

/ 没错，广告从一诞生，就脱胎于表象的温床，它正是表象的宠儿，并继续使表象空间的蔓延增值。

* * *

/ 20 世纪的艺术与哲学运动，帮了广告大忙。

/ 画家弗兰克·斯特拉曾反复表达极少主义艺术的口号："你看见的东西就是你看见的东西"（what you see is what you see）。这与安迪·沃霍尔的观点有异曲同工之妙："我的画面就是它的全部含义，没有另一种含义在表面之下。"

/ 世界到表象为止。

/ 表现即本质。

/ 表象的世界是种植广告的最肥沃土壤。广告仿若表象的大地上生长着的茂盛的罂粟，娇艳欲滴，令人心醉神迷。人们在逐次升温的快感中，迈向死亡的华丽高潮。

***

/ 人们都被一种不安感所环绕，无论白领、富豪还是官员。如你所见，不稳定，成为这个时代的显著特征，一切都不扎实，齐格蒙特·鲍曼称之为“流动的现代性”。

/ 人们必须尽快找到一个新上帝，代替先前的那位禁欲主义者。于是，消费的上帝现身了。他的信众被尊贵地称作——顾客。人们开始购物。

/ 越不安，越消费。没有什么比购物这种喜悦更迅速可实现的了，人们流连忘返于商场，寻找着广告里的商品，从货架上取下放进推车。

/ 当买到心满意足的商品，人们暂时安静下来。

***

/ 电影《肖申克的救赎》中有句台词，被判无期徒刑的瑞德（摩根·弗里曼饰演），对新进监狱的安迪（蒂姆·罗宾斯饰演）说起里面的生活，“首先你恨它，然后习惯它，更久后，离不开它，这就叫体制化。”

/ 消费变成永恒的上帝死去之后的练习课，人们需要适应这门新宗教——时尚，同时要适应这门宗教的布道者——广告。

***

/ 广告兜售现世梦幻。

/ 无需革命，无需付出革命的斗争和鲜血。

/ 只要上街去购物，去消费，就会改变不满的现状。

* * *

/ 凯恩斯把人的需求分为两类：绝对的与相对的。

/ 前者属于任何情况下都必不可少的需求，即实用消费，丰裕的产品足以供给人们的绝对需求。

/ 相对需求，则关乎自我实现、社会尊重等永无止境的欲望。广告制造（对产品的二次加工，形象制造）的品牌，被用来满足相对需求，一种美学消费，包括炫耀性消费。

* * *

/ 广告反对生活在别处。

/ 与奥威尔《1984》的口号不同，写在广告大门上方的是这样三句话：

此岸即天堂。

幸福即消费。

消费即自由。

/ 显然，苏珊·桑塔格，对广告缺乏信任。“资讯永远不能取代启迪。”通过对摄影的批判，她揭示了虚拟现实代替现实本身的恶果，人们逐渐对行动丧失兴致。

/ 最鲜明的物反对者，无疑是法兰克福学派，在他们那一代学术明星，如马尔库塞、霍克海默、阿多诺、哈贝马斯中，唯独本雅明仿佛抱定“虽千万人吾往矣”的决绝，深情地注视着巴黎的大街小巷，而不是只有满腔怒火要发泄，或意欲拯救人类文明于水火。

/ 在《单向街》中，本雅明认为，物质时代，清晰的、传真的、正面的表达模式已成为纯粹的无能。唯有广告能将“事实性”释放。“究竟是什么使广告如此优于批评？不是闪烁的霓虹灯广告牌上面的内容 —— 而是沥青路面上反射的池火（fiery pool）。”

* * *

/ 在广告逻辑中，现存的一切都不尽如人意，你必须购买某种新产品才能弥补、改善、升华。

* * *

/ 广告中的女性被切割成碎片。每一片都有取代整体意义的可能。

/ 身体的每部分 —— 头发、眼睛、睫毛、鼻子、面颊、耳朵、嘴唇、牙齿、锁骨、皮肤、手臂、胸部、背部、臀部、腿部、脚趾……它们被放大、聚焦、特写，从整个身体中游离、独立，获得了碎片的单独意义空间，象征某种美好。

/ “她21岁，拥有苗条姣好的身段和完美得足以使人入魔的一对耳朵。她在一家小出版社当临时校对员，又是耳模特，还是仅由有教养的圈内人组成的小俱乐部的应召女郎。至于三个之中哪个是她的本职，我不清楚，她也不清楚。但若从哪个是其本来面目这点来看，耳模特是她最为自然的面目。我这样认为，她也这么想。”

/ 村上春树小说《寻羊历险记》中，描述了这样一位做耳朵模特的广告女郎。

/ 尽管，“一般广告代理商、摄影师和制作人都仅仅把她作为‘耳持有者’来对待。耳以外的她的肉体和精神被完全抛弃完全置之不理。”

/ “其实不是那样的，”她说，“耳朵就是我，我就是耳朵。”

/ 耳朵成为某些女人的象征，最成功的要算“兔女郎”，整个女人被简化为一只长耳朵的兔子形象。

***

/ 城市广告之光。

/ 夕阳坠落，黄昏褪尽，夜幕降临，城市却并未黑暗下来，因为夜色衬托，华灯初上的城市，反而更熠熠生辉，更具诱惑力。

/ 璀璨斑斓的霓虹、耀眼的各色广告灯箱、楼顶的大屏幕、低调的透明橱窗、广场上的联排吊灯……五彩缤纷，绚丽多姿，闪烁不停，宛若晶莹的珠宝。

/ 如果从天空望下来，如果你此时恰好在飞机窗口边，你看见的大地上那些仿若星辰的光芒，其中 80% 跟广告有染。

/ 因其颇不寻常的普遍渗透性，广告已成为城市的服装，抛开这些装饰，城市将裸露，毫无市容可言。

***

/ 如果一个人，在深夜，走在喧哗过后的街道上，广告招牌的灯光，或许最能温暖他的失意，给他一丝希望：世界毕竟不是全黑。

/ 《新闻联播》好像是全国唯一不插播广告的节目了。当然，你也可以说，那其实是30分钟不间断的宣传片。

* * *

/ 广告的很大作用，就是代替消费者进行预先选择。

* * *

/ 世界由一张巨大的广告之网织就。

/ 人类像蜘蛛一样匍匐在这张轻盈、黏稠的网上，捕获丰盈的猎物——商品——达成幸福感。

* * *

/ 罗斯福讲过，不当总统，就做广告人。

/ 那个时候，从电视剧《广告狂人》中我们能感受到，随着报纸、广播、电视等新型大众媒体在生活中的日益普及，西装革履的广告人成为新媒体英雄，类似前几年的IT人士。

/ 他们化腐朽为神奇，他们让濒临倒闭的企业起死回生，他们让籍籍无闻的商品名声响彻全国，他们让男人为爱情买钻石，让女人将抽烟看作时髦。

/ 罗斯福没做广告人，他在经济大萧条的风暴席卷美国，四处弥漫着失业、破产、倒闭、暴跌、痛苦、恐惧、绝望的时候，击败胡佛当了总统，并以一个广告人的乐观与自信进行"新政"，带领美国人走出恐慌的泥淖。

/ 罗斯福可以说是最了解广告的总统："广告充实了人类的消费能力，也创造了追求较好生活水平的欲望；它为我们及我们的家人建立了一个改善衣食住行的目标，也促进了个人向上奋发的意志和更努力的生产。广告使这些极丰硕的成果同时实现，没有一种活动能有这样神奇的力量。”

有一天

山中何所有，岭上多白云；只可自怡悦，不堪持寄君。

——陶弘景

要么不装饰，要么就好好装饰。

——庞德

/ 有一天，一只乌鸦口渴了，到处找水喝。

/ 它发现远处有个曲线优美的瓶子，瓶子里有水，但跟自己讨厌的酱油颜色相似。

/ 乌鸦没办法，因为爱惜羽毛，它只好生生渴死了。

* * *

/ 有一天，一个耽于阅读的年轻人，最终被阅读淹没了。

/ 房间里浓雾弥漫，待缓慢退却后，每一本书的封面，都布满横斜的皱纹，而他从其中一条皱纹里消失无踪，像从未存在过。

* * *

/ 有一天，我梦见自己坐上一驾马车。是的，不是汽车，也不是动车。

/ 拉车的是一匹娇小的木马，她臀部浑圆如月朝向我，她使劲扑腾四蹄意欲奔跑，但车轮并未行进，只是前后微微摇晃……

/ 这个梦像一支轻音乐，在奇妙的背景中，我梦遗了。

* * *

/ 有一天，一个停不住咳嗽的人，把自己从嗓子眼里，吐了出来。

/ 那个“自己”是一小团血块，面容模糊，没有记忆。

* * *

/ 有一天，一个独居的男人，在浴盆里洗澡，洗着洗着，他就把自己洗没了。

/ 盆里只剩下不冷不热的水、十三个泡沫、肥皂无遮拦的香味……

* * *

/ 有一天，我变成一个灯泡，对这种变化，我基本满意。

* * *

/ 有一天，笨拙的农夫爱上了蛇。

/ 深冬腊月，北风呼啸，漫天飞雪，目之所及的世界被荒凉紧紧包裹。

/ 此时，所有的蛇都在地底休眠——它们必须睡觉，方能躲过胃的巨大威胁。因为，凡醒着的，不管是蛇，还是人，都得吃东西。

/ 农夫笨拙，睡不着觉，他爱上了蛇，在这样的季节，就是说爱上一种“不可能”。或者，他已变成爱本身。

/ 命运总让人意外，清晨，一条冻僵之蛇，就躺在他的篱笆前。像《新白娘子传奇》一样传奇，蛇在农夫火热的怀中逐渐苏醒。

/ 农夫羞涩地亲吻了蛇苗条的好身材。可蛇这么瘦，楚楚可怜呢，他想她需要他，他想她需要爱的喂养。

/ 蛇从来不喜欢五谷杂粮，用了整个冬天，她才在阳春三月吃掉农夫——这一季爱的好时光。

* * *

/ 有一天，在地铁站等车，我看见站在反方向列车中的自己。

/ 恍惚之后，我匆忙冲下台阶跑到对面，但地铁刚好开走了，剩下的这个我，就像一个丢了魂的家伙。

/ 我又一次错过了自己，我为何总想与自己相遇？

* * *

/ 有一天，我会变成一个机器人，对此我深信不疑。

* * *

/ 有一天，雪白的狐狸和漆黑的乌鸦，恋爱了，就像一个文艺女青年爱上了“大师”。

/ 从此，笨拙的乌鸦在给娇媚的狐狸四处找肉吃的同时，真正练就了一副不管不顾的好嗓子……

/ 临终之时，乌鸦变成了一个真正的歌手。

* * *

/ 有一天，我梦见自己变成一座桥，很小很旧的桥，弯曲在一道没有名字的小河沟上。

/ 从地里收工回家的人们，轻轻一跨，就能跳过这河沟。于是，我就成了一座没有实际意义的桥，或者说一个摆设或道具。

/ 但世上的人们，总要有一座哪怕装饰主义的桥，因为，再小的河沟，也必须架一座桥呀。

***

/ 有一天，老黄牛生气了，因为主人总把最好的饲料给俊美的马。

/ 他想，给主人耕种一辈子地，还不如被主人骑呢。

/ 为表示抗议，最后，他找来一块写着“我是玉米”的旧纸板，在背面打出了自己的口号——很黄、很牛。

***

/ 有一天，栎树喜欢上了隔壁的高烟囱。

/ 她觉着烟囱冒烟的模样很帅，简直像一个抽烟的男人，从遥远的大西部来到了中原地区。

***

/ 有一天，河面纹丝不动，我在河面上漂着，没有理想，也没有风。

/ 像一枚树叶，我漂在那里，或者说，像树叶上那只又黑又瘦的小蚂蚁……

/ 后来，一片云彩掉下来，把我砸沉了底。

***

/ 有一天，我误闯进了女厕，她们没有惊声尖叫，她们一排蹲在那儿盯着我看，像没见过男人似的，弄得我傻站着，都不好意思尿了。

* * *

/ 有一天，冒着暴风雪去赴约，走着，走着，我就变成一个雪人，等相约之人雪霁后赶到，我已经融化，不见了。

* * *

/ 有一天，我梦见一个喝醉的年轻女人，深夜失足掉进护城河中溺水而死。

/ 次日，我在电视上看到一则新闻：某 23 岁女子尸横护城河。

/ 稍有不同，现实中她是酒后开着车闯入凌晨的护城河，呛死在车厢里。

/ 或许，我不该做这个荒唐的梦。

* * *

/ 有一天，我在河边打盹，一条美人鱼走上岸，叫醒了我，她说：我们交欢吧。

/ 对此我自然十分乐意，但是，一件麻烦事彻底败坏了我的心情和阳具，我找不到她的入口。

* * *

/ 有一天，在一处街心公园，遇上一群搞裸体派对的人们，我不由自主加入了狂欢。

/ 可是，我使劲撕扯下好几块皮肤，但衣服就是怎么也脱不掉。

/ 天呀，衣服已成了我自身的一部分，就是说，我失去了裸体的能力，这真让我感伤，我只能是一个不能裸体的人……

* * *

/ 有一天，我梦见自己去了北极，也可能是来到地狱的隔壁，四处冰凉，世界像火柴头般冻僵了，连个鬼火都看不见，更别说小女孩了。

/ 等醒过来，我发现自己只是滚下了床，睡在地板上而已。

/ 寒冷在梦中，被我无形地夸大了。事实上，梦想跟梦何其相似呢。

* * *

/ 有一天，一个有着白菜一样单纯心灵的女孩，一往情深地说：你来偷我吧。

/ 可是，这么多年过去，我早忘了，去菜园子的路。

* * *

/ 有一天，在深夜的大街上——确切点说呢，就是在新光天地——一个衣服模特，从橱窗里走到我跟前，她说：没有肉体，灵魂真寂寞。

/ 于是，我们相拥片刻，然后分别，像什么也没发生。

/ 但，我记得，她塑胶的身体，与过往那些真实的女孩并无不同，甚至，更光滑、更白皙一些。

* * *

/ 有一天，一个抱着小熊的姑娘，来找我，她说为我生下了一只小熊。

/ 作为一个笨熊，我何尝不记得那些欢快的林中之日呢？

/ 我还记得，你说有一天，要去厦门这样的城市，开一个小玩具店，里面全是你喜欢的各种熊。

* * *

/ 有一天，一个粗心大意的人，在午餐时，把自己的中指吃掉了。

/ 接下来的年月，他一直生活在寻找中指的时光中。

* * *

/ 有一天，夜里，我从卧室的镜子里，回到十年前，倚靠在一辆破旧的自行车旁，终于睡了一个好觉。

* * *

/ 有一天，我的鼹鼠兄弟来造访。

/ 那是冬天的雪夜，听得见外面窸窸窣窣的落雪声，我用仅存的半斤黑麦，烤制了一个世上最好的面包(鼠的话)招待了他。

* * *

/ 有一天，我一个人，走在下雨的街道上，每一滴雨，都像铃铛那么孤独，以至于，我忽然想变成一根电线杆，就此停住，哪里也不去了。

* * *

/ 有一天，我和一个姑娘，走在下雨的街道上，每一滴雨，都像铃铛那么悦耳，我忽然想变成一根电线杆，把姑娘变成一只尿急的小狗，让她把雨洒落我身上。

* * *

/ 有一天，麻雀恋爱了。在梦中，它变成一只云雀。

/ 醒来它想，恋爱可真是一件麻烦事。

* * *

/ 有一天，一个寂寞的人掏出手机，拨了自己的号码，他在等待与自己的一次深入交谈，因为激动，他禁不住浑身颤抖起来。

* * *

/ 有一天，厕所人恋爱了。对他们来说，命运只有两种：恋爱或不恋爱。

/ 男厕所人住在左面的门上，女厕所人住在右面的门上，像上帝造就的亚当和夏娃，他们没有父母、兄弟姐妹，甚至没有邻居。

/ 如果稍加注意你会发现，厕所人不管身着繁复的欧洲古典服饰，还是只有一种现代感的模糊轮廓，必定一男一女，门当户对。

/ 如果恋爱，他们一到无人的深夜，就睡到同一扇门上，男厕所人必须时时保持警惕，稍有动静，就要复归原位。要是遇上闹痢疾的人类，他只能叫苦不迭。

/ 白天，他们脉脉含情，含笑不语，相看两不厌。

/ 如果他们不恋爱，就变成厕所的门神，老死不相往来。

* * *

/ 有一天，我在大街上，遇见一个阳具人。

/ 他全身直翘翘，没有旁枝横斜。他的睾丸变成两个轮子，向左微倾，滚动着走路。他光滑的帽檐下面，有一张五官不清的脸。

***

/ 有一天，我和一个阳具人，在街上相遇。

/ 他拿马眼看我，许是倨傲，许是激动，他的眼角流淌出黏稠的液滴……或许，他的眼睛也是他的嘴巴。

***

/ 有一天，钟表厌倦了匀速的、重复的、一遍又一遍的“嘀嗒”“嘀嗒”……

/ 它挣脱时间的束缚，以随意的步伐行走，三步并作两步，间或停下来打盹，总之——“不规律”。

/ 目瞪口呆的人们，于是听见：嘀嘀嗒、嘀嗒嘀嗒嘀嘀、嗒嗒嗒嘀、嗒嘀嘀嗒嘀……

/ 人们一下子弄不清楚时间概念了。

MooNbooks

出品人 惠西平
总策划 宋亚萍

策划出品 沐文文化 | MooNbooks 沐文微博：http://weibo.com/moonbooks
饕书客 | TopBook 饕书客 饕书客微博：http://weibo.com/u/2301720422

策划人 张进步 程园园
出版统筹 关 宁 王 倩
责任编辑 韩 琳 王 凌
视觉监制 马仕睿
装帧设计 typo_d

图书在版编目（CIP）数据

那时我年轻，满嘴都是草莓 / 王原君著. -- 西安：陕西人民出版社，2014
ISBN 978-7-224-11179-8
Ⅰ. ①那… Ⅱ. ①王… Ⅲ. ①随笔—作品集—中国—当代 Ⅳ. ①I267.1
中国版本图书馆CIP数据核字(2014)第141673号

那时我年轻，满嘴都是草莓

作　　者：王原君
出 品 人：惠西平
总 策 划：宋亚萍
策 划 人：张进步 程园园
出版统筹：关　宁　王　倩
责任编辑：韩　琳　王　凌
装帧设计：typo_d

出版发行：陕西出版传媒集团　陕西人民出版社
网　　址：www.sxrmbook.com
发行电话：029-87205173
地　　址：西安北大街147号　邮编：710003
印　　刷：陕西金和印务有限公司
开　　本：787mm×1092mm　16开　8.25印张
字　　数：170千字
版　　次：2015年3月第1版　2015年3月第1次印刷
书　　号：ISBN 978-7-224-11179-8
定　　价：39.80元